DAS FEST DER NARREN

BOURGEON — DIE GEFÄHRTEN DER DÄMMERUNG 3

DAS FEST DER NARREN

CARLSEN VERLAG

CARLSEN COMICS
Lektorat: Uta Schmid-Burgk
3. Auflage 12.–14. Tsd. November 1992
© Carlsen Verlag GmbH · Hamburg 1990
Aus dem Französischen von Ute Eichler
LE DERNIER CHANT DES MALATERRE
Copyright © 1990 by Casterman, Tournai
Lettering: Max Ulrich
Druck und buchbinderische Verarbeitung:
Casterman (Tournai, Belgien)
Alle deutschen Rechte vorbehalten
ISBN 3-551-02533-9
Printed in Belgium

Die Stadt Montroy 1...

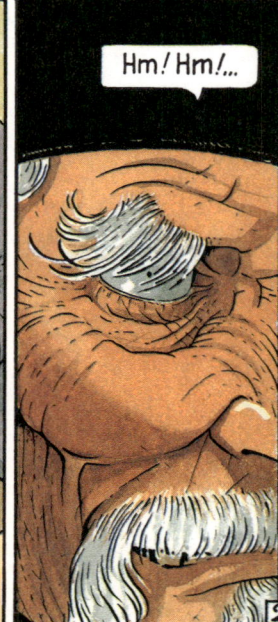

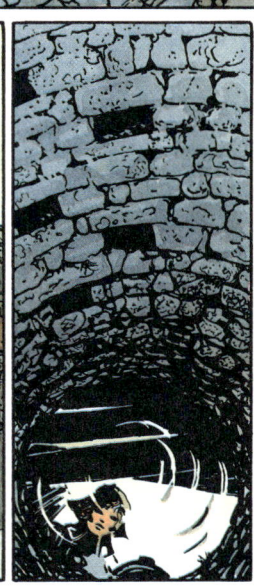

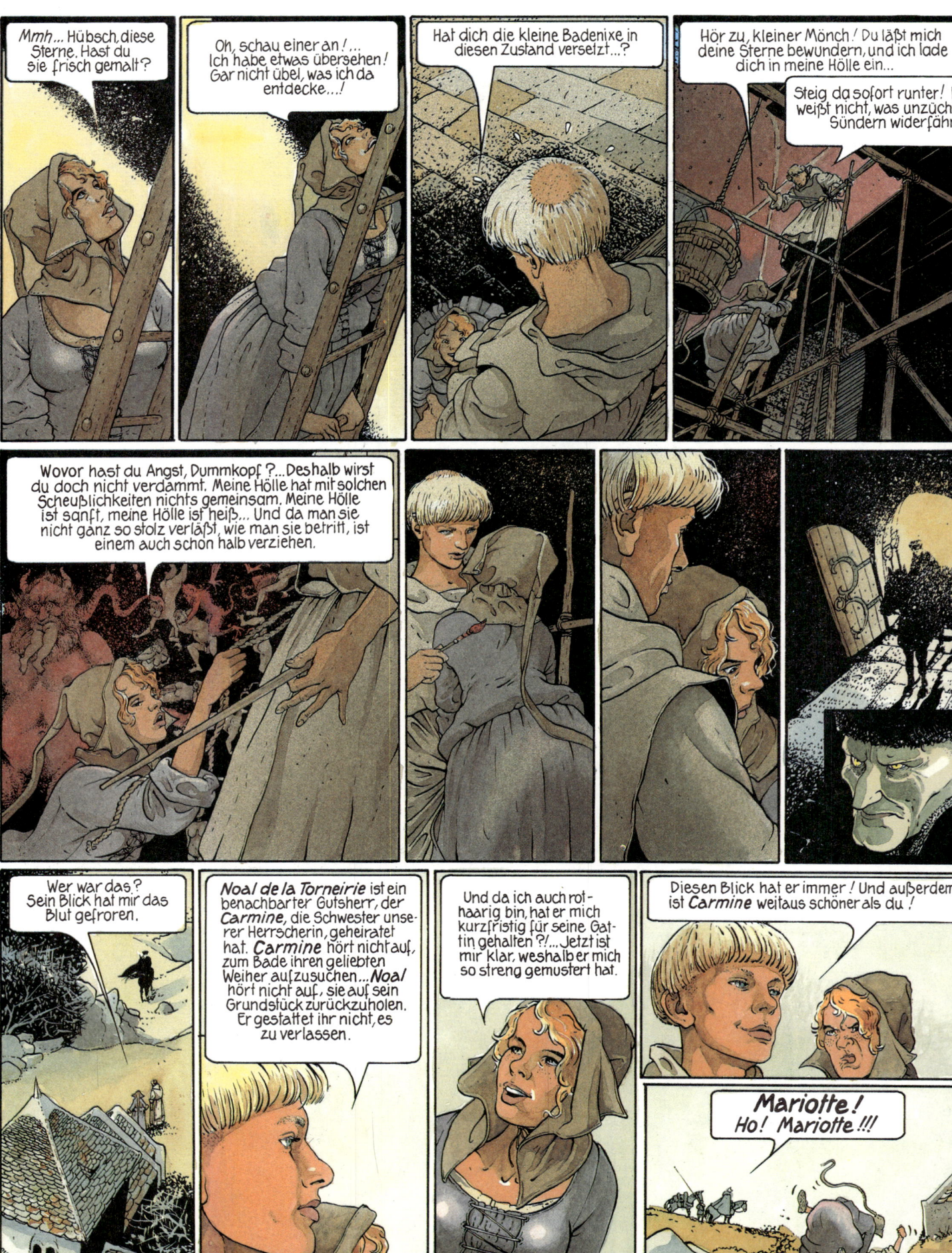

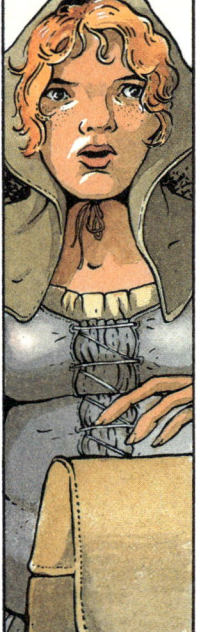

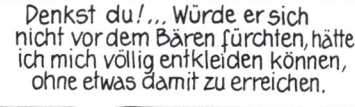

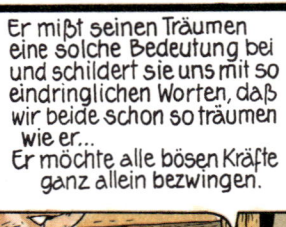

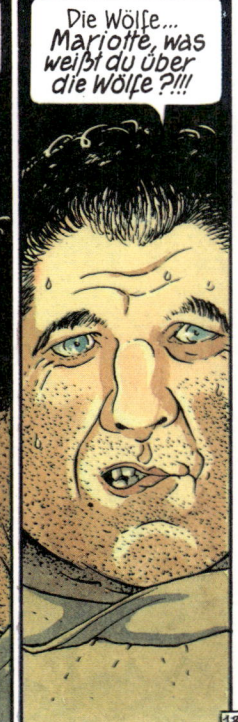

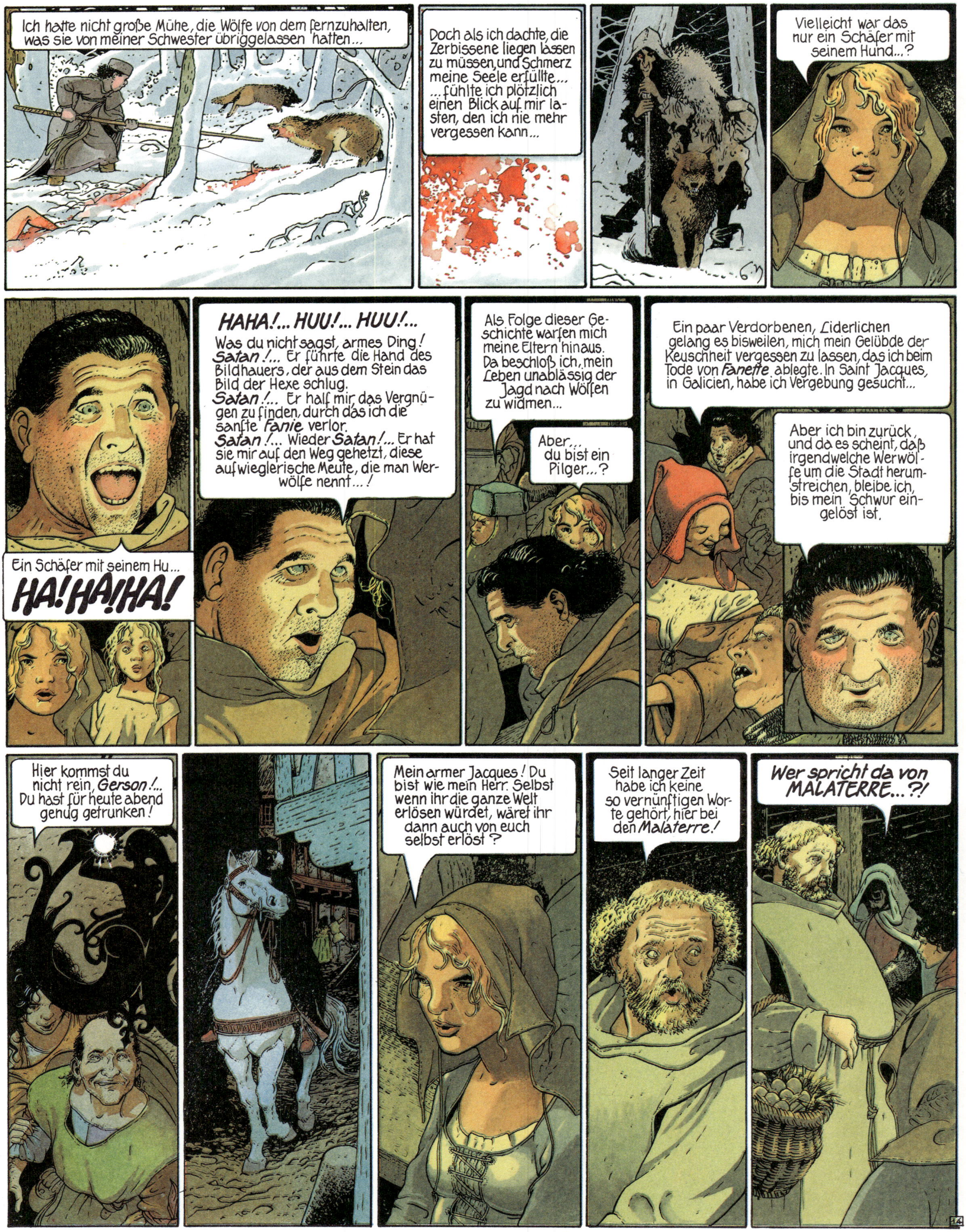

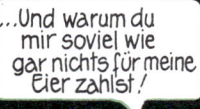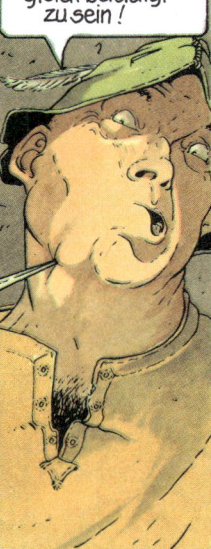

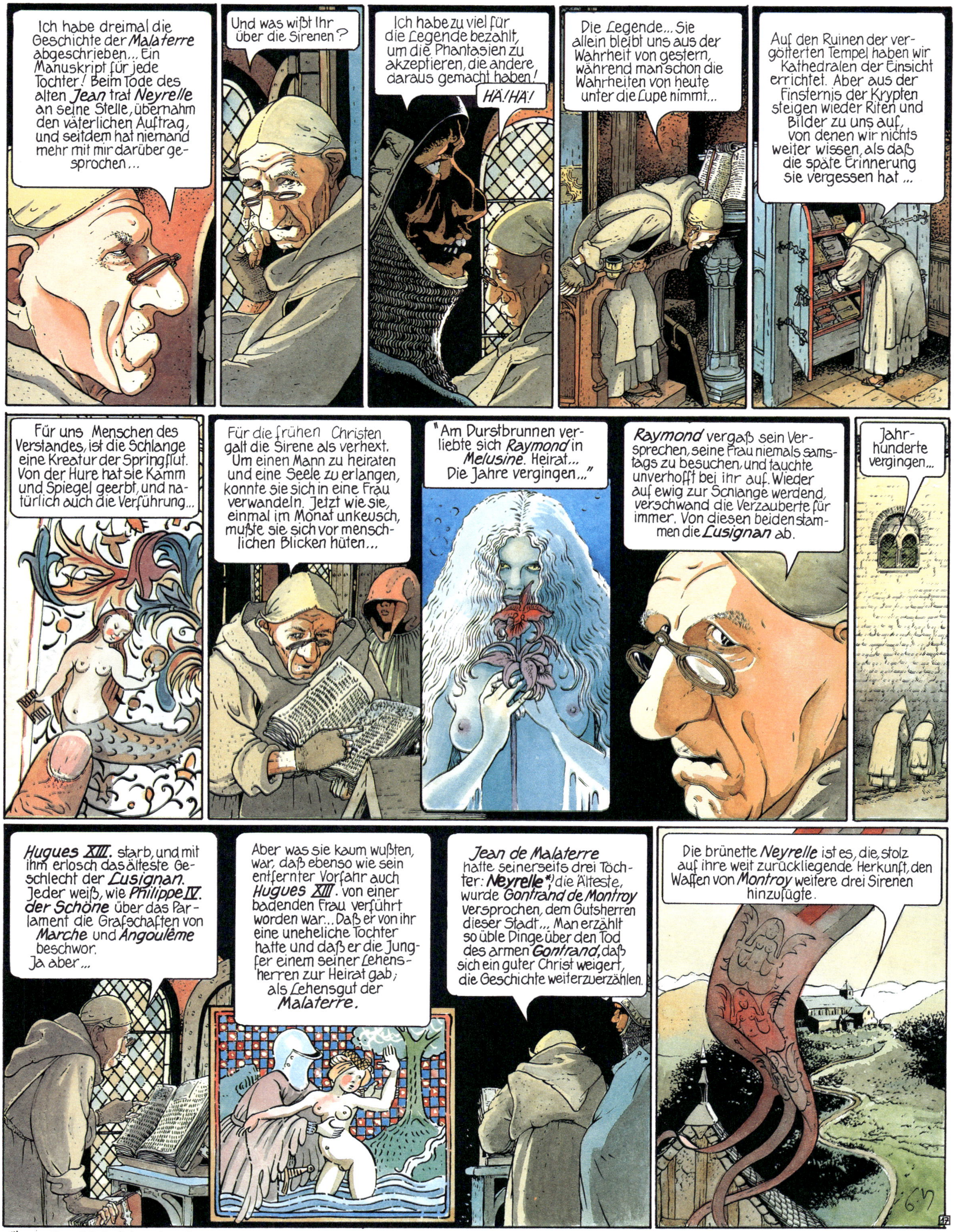

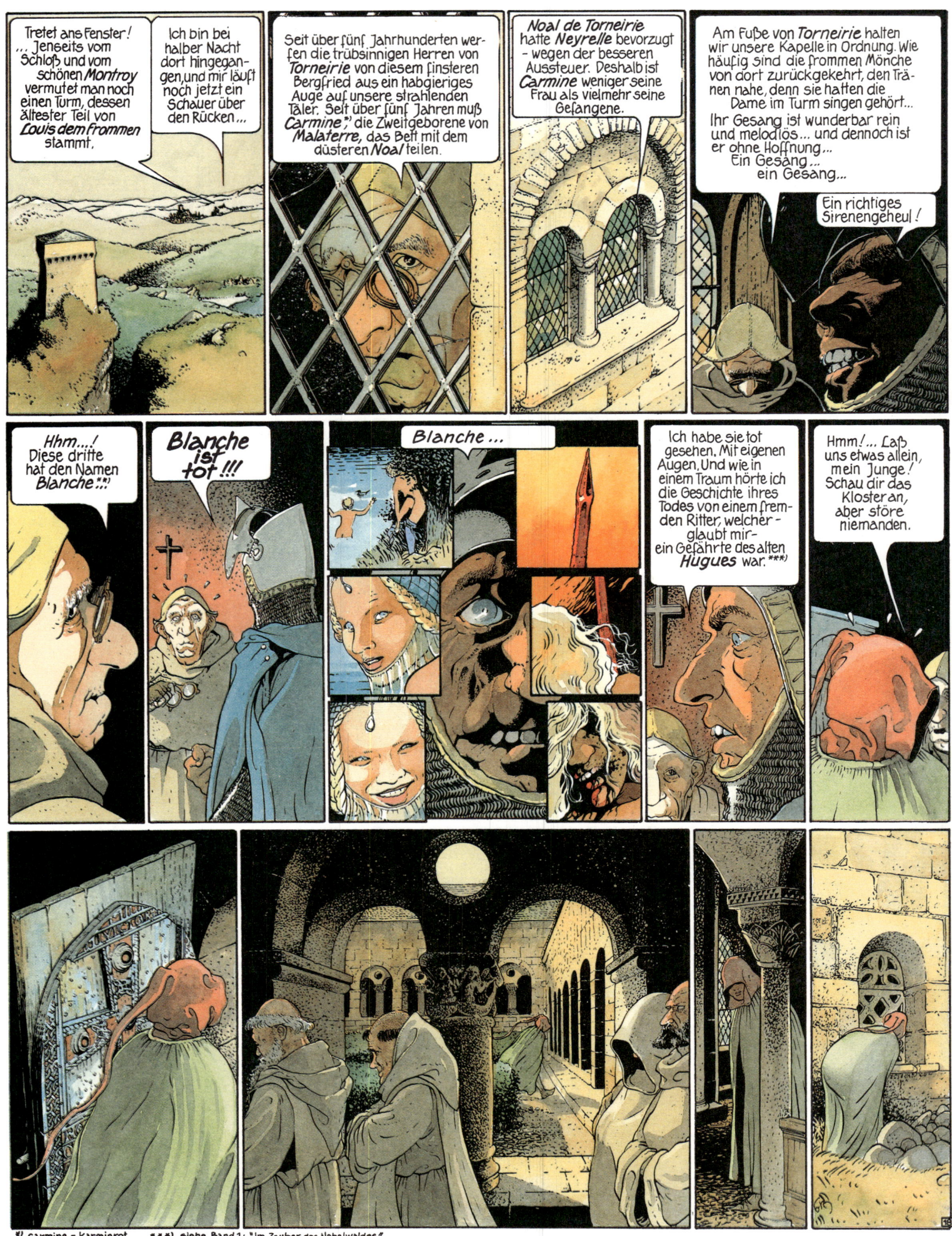

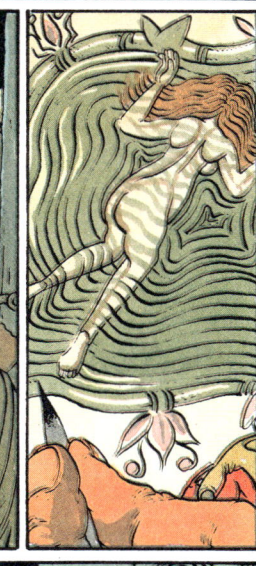

          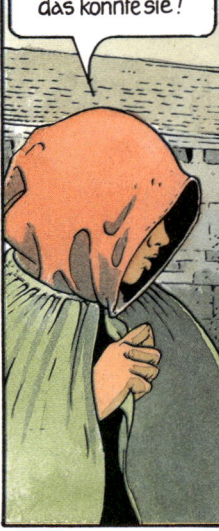  

*) Mont-Roge: altfrz. für "Roter Berg"

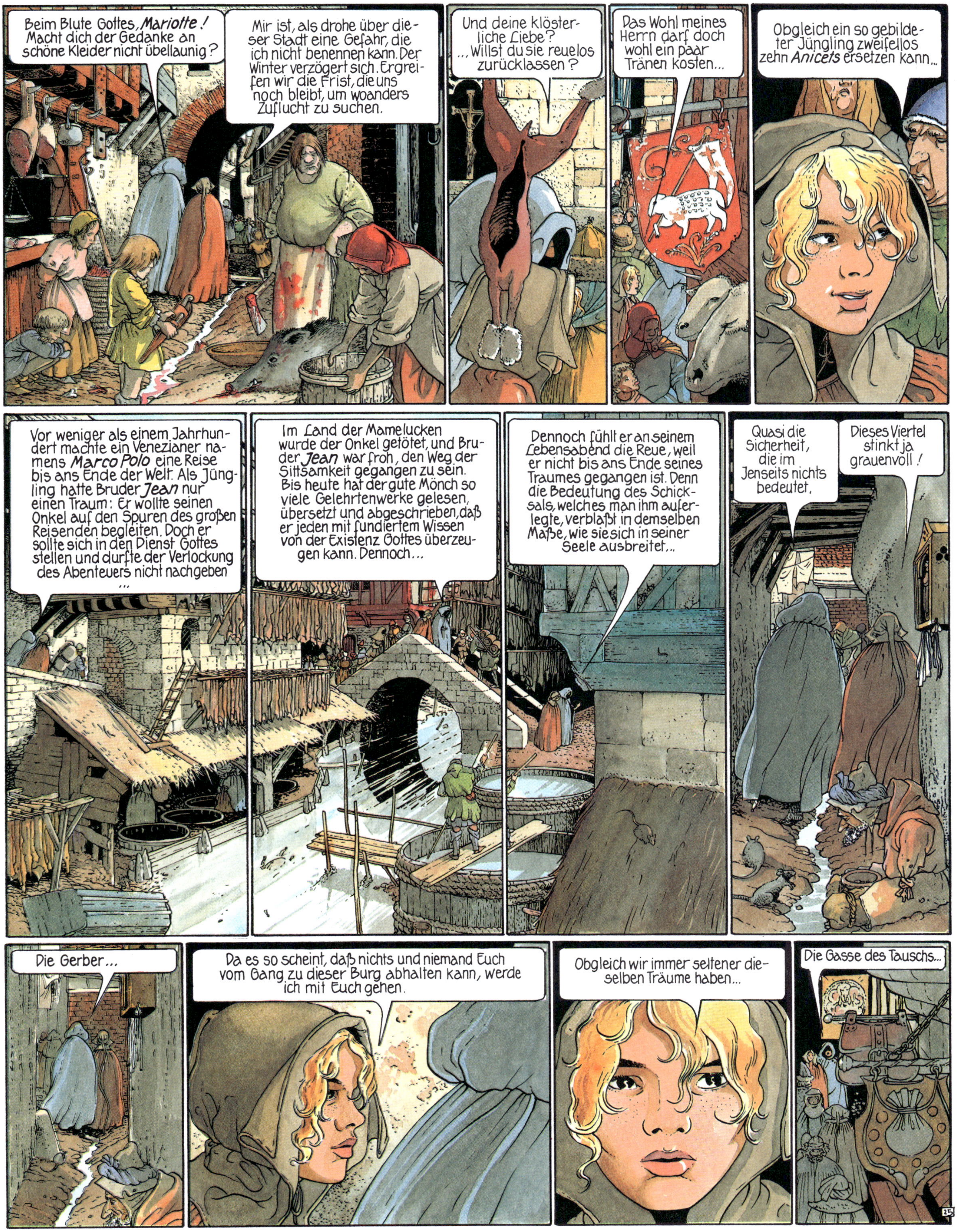

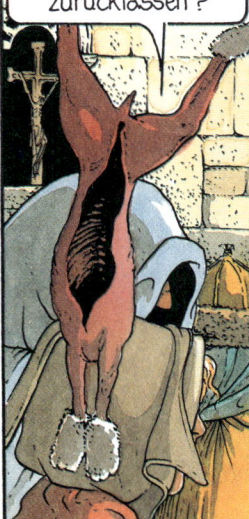

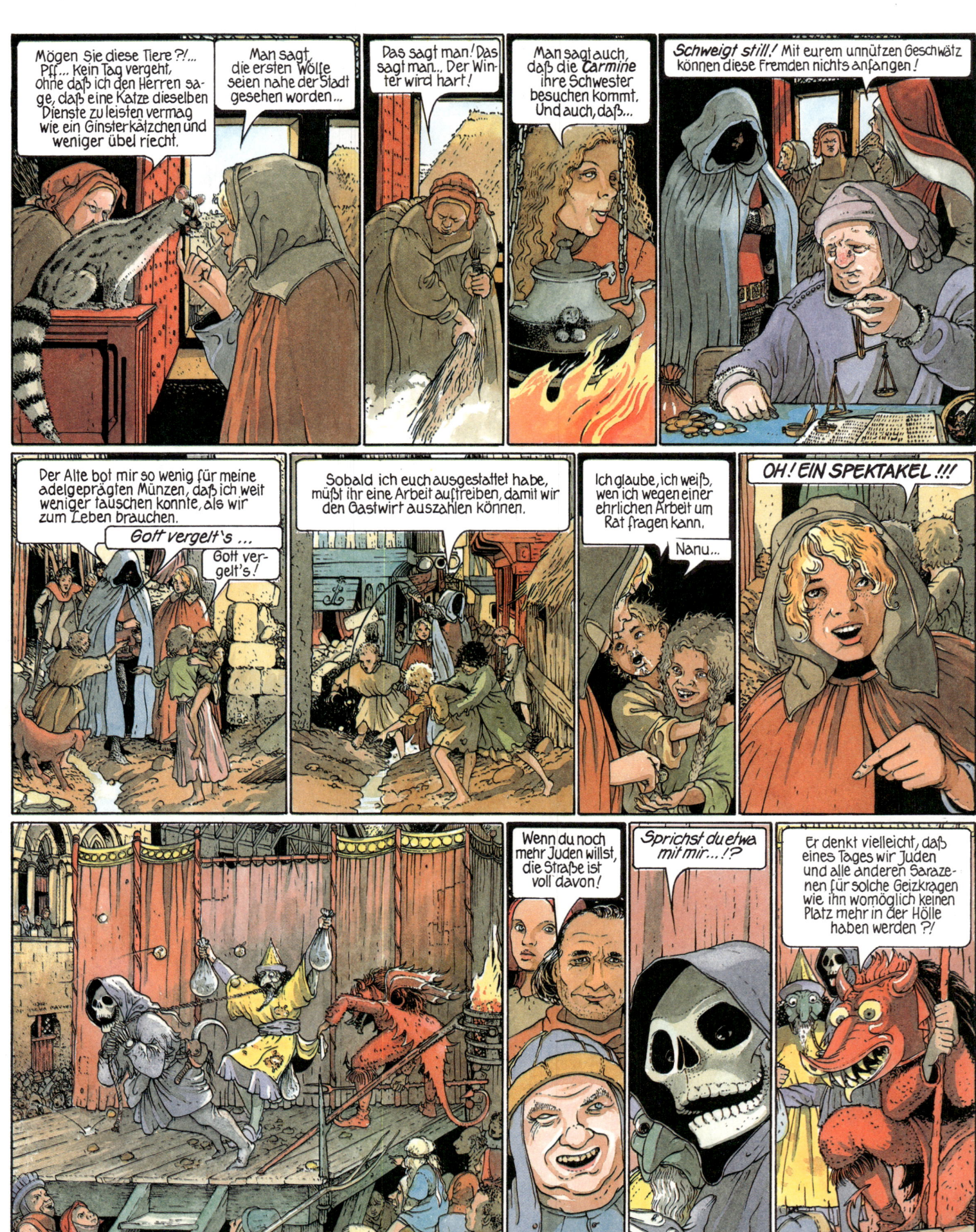

Er kann sich's wohl leisten, so großspurig aufzutreten. Gib ihnen ein paar Sous, bevor sie dich öffentlich zum Gespött machen.	Der Tod... Das ist *Anaïs!* Ich erkenne die Stimme der Komödiantin. Ich habe Euch doch von ihr erzählt!	Siehst du, *Aymon*... Nachdem sie das Theater seiner Vergessenheit entrissen und die Gaukler ermutigt haben, dem guten Volk Komödien und religiöse Dramen zu spielen, mißbilligt der Klerus die Akteure...	Auf dieselbe Weise hat die Kirche den Haß des Judenvolkes verbreitet, dann sich verbreiten lassen... Gebe der Allerhöchste, daß niemals über uns gerichtet wird, weil wir die Kühnheit hatten, in seinem Namen zu richten!... *Aymon!*... Hörst du mir zu, *Aymon?!*... — Ööh... Ich... jaja....!

Diese Juden ermüden mich! Um mich zu langweilen, kann ich ebensogut an der Vesper teilnehmen... Laßt Ihr mich dorthingehen?	Wenn das Leuchten deiner Augen die Glut deines frommen Wunsches ausdrückt, sehe ich dich auf einem heiligen Pfade wandeln...	Ich fürchte indessen, daß dieses wässerige Aufflackern nur der keusche Widerschein eines anderen feuchten Glanzes ist, den du besser zu verstecken weißt.	.Du bist da?

Euer pilgernder Freund gab mir einen Sou, damit ich ihm den Weg zur Kirche weise... Aber ich kehre auch für weniger dahin um.	Den habe ich schon gesehen... Und einige sind besorgt...	Man sagt, er kam gleichzeitig mit den Wölfen!	Aber ihr seid auch an dem Tag aufgetaucht... Und das hält euren *Jacot* nicht davon ab, mich zu verwöhnen. Gewiß bist du ebenso großzügig.	

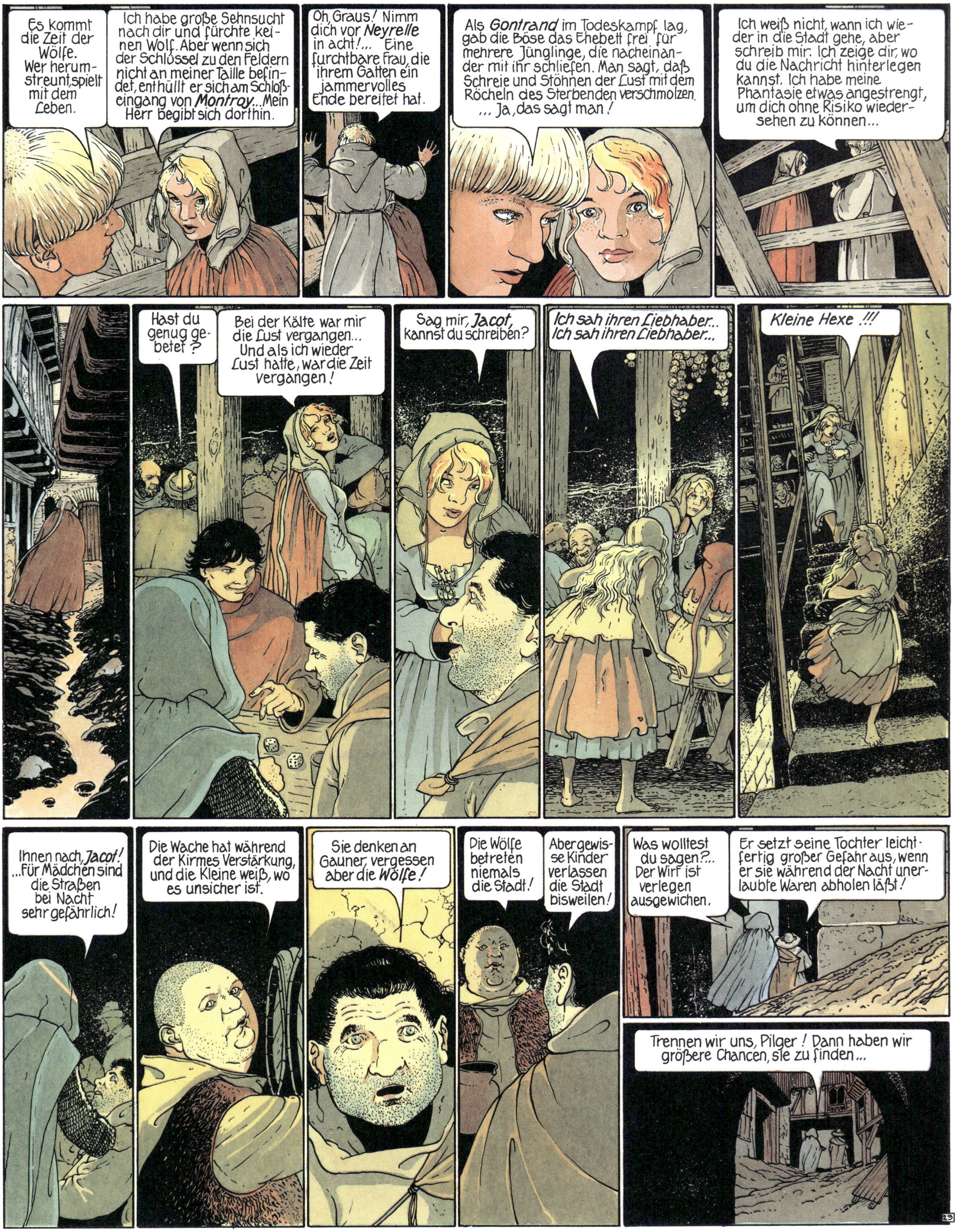

Es kommt die Zeit der Wölfe. Wer herumstreunt, spielt mit dem Leben.	Ich habe große Sehnsucht nach dir und fürchte keinen Wolf. Aber wenn sich der Schlüssel zu den Feldern nicht an meiner Taille befindet, enthüllt er sich am Schloßeingang von *Montray*... Mein Herr begibt sich dorthin.	Oh, Graus! Nimm dich vor *Neyrelle* in acht!... Eine furchtbare Frau, die ihrem Gatten ein jammervolles Ende bereitet hat.	Als *Gontrand* im Todeskampf lag, gab die Böse das Ehebett frei für mehrere Jünglinge, die nacheinander mit ihr schliefen. Man sagt, daß Schreie und Stöhnen der Lust mit dem Röcheln des Sterbenden verschmolzen. ... Ja, das sagt man!	Ich weiß nicht, wann ich wieder in die Stadt gehe, aber schreib mir: Ich zeige dir, wo du die Nachricht hinterlegen kannst. Ich habe meine Phantasie etwas angestrengt, um dich ohne Risiko wiedersehen zu können...

"Hast du genug gebetet?"

"Bei der Kälte war mir die Lust vergangen... Und als ich wieder Lust hatte, war die Zeit vergangen!"

"Sag mir, *Jacot*, kannst du schreiben?"

"Ich sah ihren Liebhaber... Ich sah ihren Liebhaber..."

"Kleine Hexe!!!"

"Ihnen nach, *Jacot*! ...Für Mädchen sind die Straßen bei Nacht sehr gefährlich!"

"Die Wache hat während der Kirmes Verstärkung, und die Kleine weiß, wo es unsicher ist."

"Sie denken an Gauner, vergessen aber die *Wölfe*!"

"Die Wölfe betreten niemals die Stadt!"

"Aber gewisse Kinder verlassen die Stadt bisweilen!"

"Was wolltest du sagen?... Der Wirt ist verlegen ausgewichen."

"Er setzt seine Tochter leichtfertig großer Gefahr aus, wenn er sie während der Nacht unerlaubte Waren abholen läßt!"

"Trennen wir uns, Pilger! Dann haben wir größere Chancen, sie zu finden..."

Dieses Viertel ist von Flammen zerstört. Die kleine Hure hat mich regelrecht in die Irre geführt!

Huuhuu....!

Ich bin deinem Liebhaber begegnet...

Und *da* wartet wie ein Dummchen Fräulein *Mariotte* hinterm Wind, wo sich die Steine bewegen...

Manchmal *fliegen* sie auch...

Wage das nur nicht, *Mariotte!*

Fast hätte ich dir den Schädel zersplittert! Der Scholter hat an meiner Birne famose Arbeit geleistet.

Du sahst beim Aufstieg zum Turm so glücklich aus... Da hatte ich Lust, dir weh zu tun...

Nicht weit von hier siehst du die Totenlaterne des alten Friedhofs leuchten. Kürz darüber den Weg ab, und hol Hilfe... Ich kann mich nicht mehr bewegen...

Siehst du, was ich sehe? Für den festen Schritt ist sie doch recht zarthäutig.

Laß sie in Frieden, mein Großer! Diese Art von Wild wird dich an den Galgen bringen.

Nimm dein Geld und geh! Das will ich selber sehen.

Ich habe mich schon wieder verlaufen...

— Vielen Dank Euer Gna...
— Schon fort!
— Was ist geschehen?... Ich habe dich in der ganzen Stadt gesucht...
— Komm mit uns, *Jacot!* Die Kleine ist verletzt.
— Hierher!

— Oh, Hölle des Waldes! Man rackert sich fast zu Tode, um die Gören zu mästen, die nicht einmal die eigenen sind, und wenn sie dann alt genug geworden sind, einem ein paar kleine Arbeiten abzunehmen, dann fressen sie die Wölfe!
— Und wenn es nicht die Wölfe sind, so sind es die Krankheiten. Jedenfalls stirbt man zu früh in diesen Zeiten!
— Das waren keine Wölfe! ... Nur ein Mensch kann dermaßen unmenschlich sein! Die Wölfe töten, um zu fressen, aber sie benehmen sich nicht wie Bestien!
— Zwischen Mensch und Wolf gibt es noch den Werwolf! Um den Werwolf zu jagen, muß man ihm eine Falle stellen. Ich habe darin einige Kenntnisse, und wenn ihr mir nur ein wenig Vertrauen schenken wollt, haben wir eine Chance, diese verfluchte Kreatur zu töten.

— Ich weiß, was du denkst, *Mariotte*... Aber es ist wohl übertriebener Stolz, wenn du dich für das Verschwinden dieser armen Kleinen verantwortlich machst! Du bist daran völlig schuldlos. Der Werwolf ist ein dämonisches Wesen.
— Mensch, Tier oder Dämon... Schwöre, daß du das Monster töten wirst...!
— Bei deiner Schwester *Stephanie*. SCHWÖRE!!!
— Gott steh mir bei!!! Ich,.. ich schwöre es...

— Laß uns umkehren.

Es gibt hier und da, im Durcheinander der Steine, eine Unmenge benachteiligter Wesen, denn sie wurden geschaffen, um Leid und Unzucht zu symbolisieren ... aber mit solcher Zärtlichkeit gemeißelt, daß sie uns in Nächten der Verwirrung tiefen Trost spenden.

Ihr schlaft nicht, meine Herrin...?

Nein...

Die Stadt Montroy 2...

Ich habe *Luce* gefragt, wo du deine Wäsche wäschst...

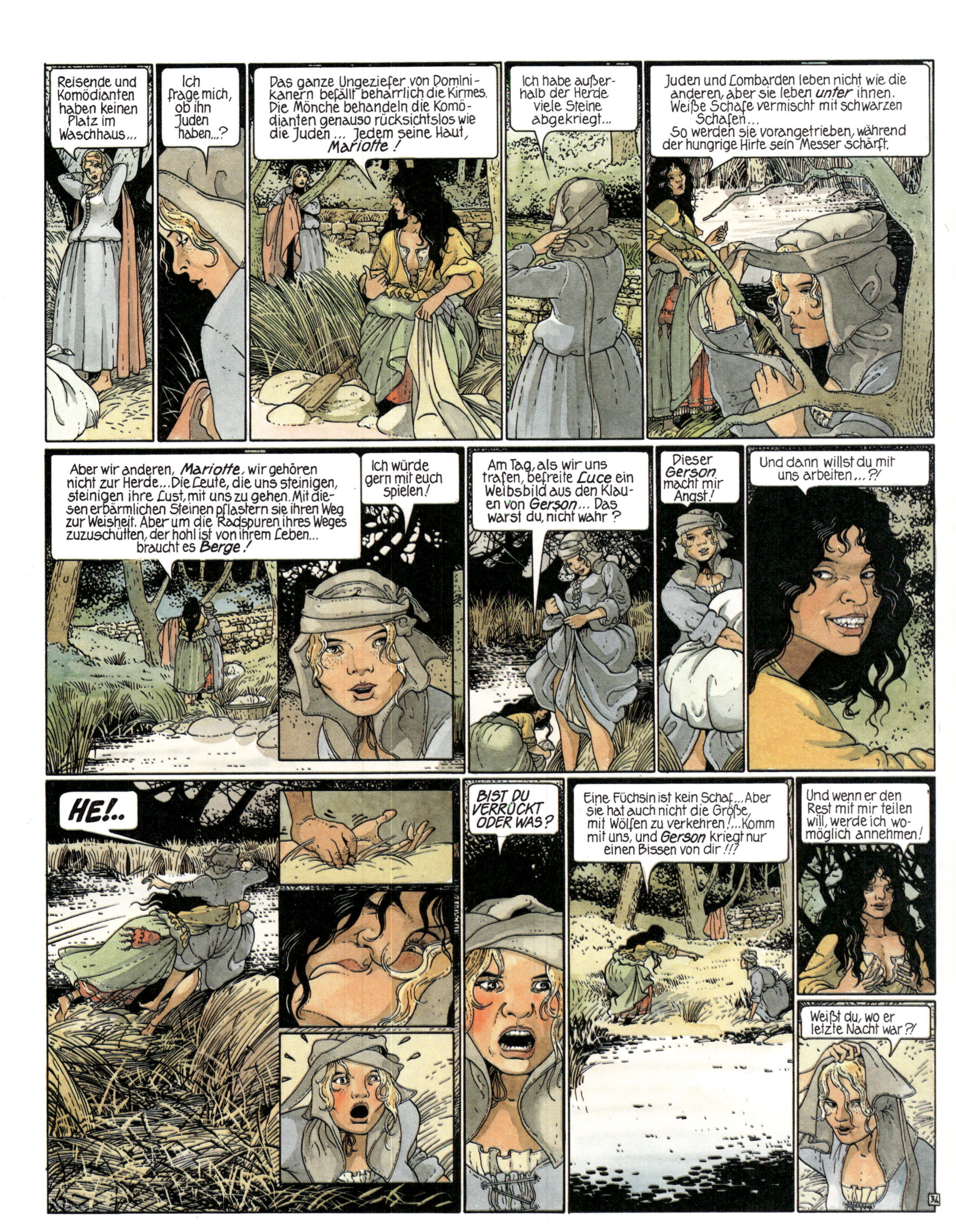

Reisende und Komödianten haben keinen Platz im Waschhaus...	Ich frage mich, ob ihn Juden haben...?	Das ganze Ungeziefer von Dominikanern befällt beharrlich die Kirmes. Die Mönche behandeln die Komödianten genauso rücksichtslos wie die Juden... Jedem seine Haut, *Mariotte!*	Ich habe außerhalb der Herde viele Steine abgekriegt...	Juden und Lombarden leben nicht wie die anderen, aber sie leben *unter* ihnen. Weiße Schafe vermischt mit schwarzen Schafen... So werden sie vorangetrieben, während der hungrige Hirte sein Messer schärft.	

Aber wir anderen, *Mariotte*, wir gehören nicht zur Herde... Die Leute, die uns steinigen, steinigen ihre Lust, mit uns zu gehen. Mit diesen erbärmlichen Steinen pflastern sie ihren Weg zur Weisheit. Aber um die Radspuren ihres Weges zuzuschütten, der hohl ist von ihrem Leben... braucht es *Berge!*

Ich würde gern mit euch spielen!

Am Tag, als wir uns trafen, befreite *Luce* ein Weibsbild aus den Klauen von *Gerson*... Das warst du, nicht wahr?

Dieser *Gerson* macht mir Angst!

Und dann willst du mit uns arbeiten...?!

HE!...

BIST DU VERRÜCKT ODER WAS?

Eine Füchsin ist kein Schaf... Aber sie hat auch nicht die Größe, mit Wölfen zu verkehren!... Komm mit uns, und *Gerson* kriegt nur einen Bissen von dir!!!

Und wenn er den Rest mit mir teilen will, werde ich womöglich annehmen!

Weißt du, wo er letzte Nacht war?!

Man spricht nur noch davon!... Aber nachts schlafe ich. Auch Luce schläft. Und Gerson ebenfalls!
Wenn diese kleine Idiotin das Gegenteil behauptet, werde ich sie zweiteilen... von ihrem niedlichen Arsch bis zu ihrem hübschen Kinn!
Laß dir eines sagen, Mariotte! Wenn sie nicht in drei Tagen den Täter haben, verbrennen sie sicher irgendwelche Söhne Abrahams, um sich mit Gott zu versöhnen und sich von ihrer schweren Schuld zu befreien.
Danach... sind wir an der Reihe! Du... ich... Alle jene, die nicht in die Stadt gehören.
Nimm!... Damit geht's besser!...
Gerson gab ihn mir, damit ich ihn irgendwo verkaufe. Behalt ihn! Ich werde etwas Geld stehlen und ihm sagen, er sei verkauft!
Er ist aus Elfenbein, weißt du?!
Sie sind wie Blutsauger. Sie laben sich am kostbaren Blut eurer Stadt.
Tod den Ratten! Tod den Ratten!
Arbeit...?
Wie Judas Ischariot sind jene, die ihr in euren Mauern schützt...
Ich habe nichts für dich!
Und ihr verbrennt mit ihnen in der höllischen Glut!
Wasser macht dir keine Angst?
Besuch mich in den Schwitzbädern in vier Tagen. Ein Mädchen verläßt mich. Du kannst ihre Arbeit tun.
Du wirst brennen! Ein Mann mit so schmierigem Wanst, der seinen Schwanz nicht mehr sieht, wenn er pißt!
All dieses Fett wird bei Satan einen widerlichen Gestank ausströmen!
AUCH DU WIRST BRENNEN...!
I... Ich...?

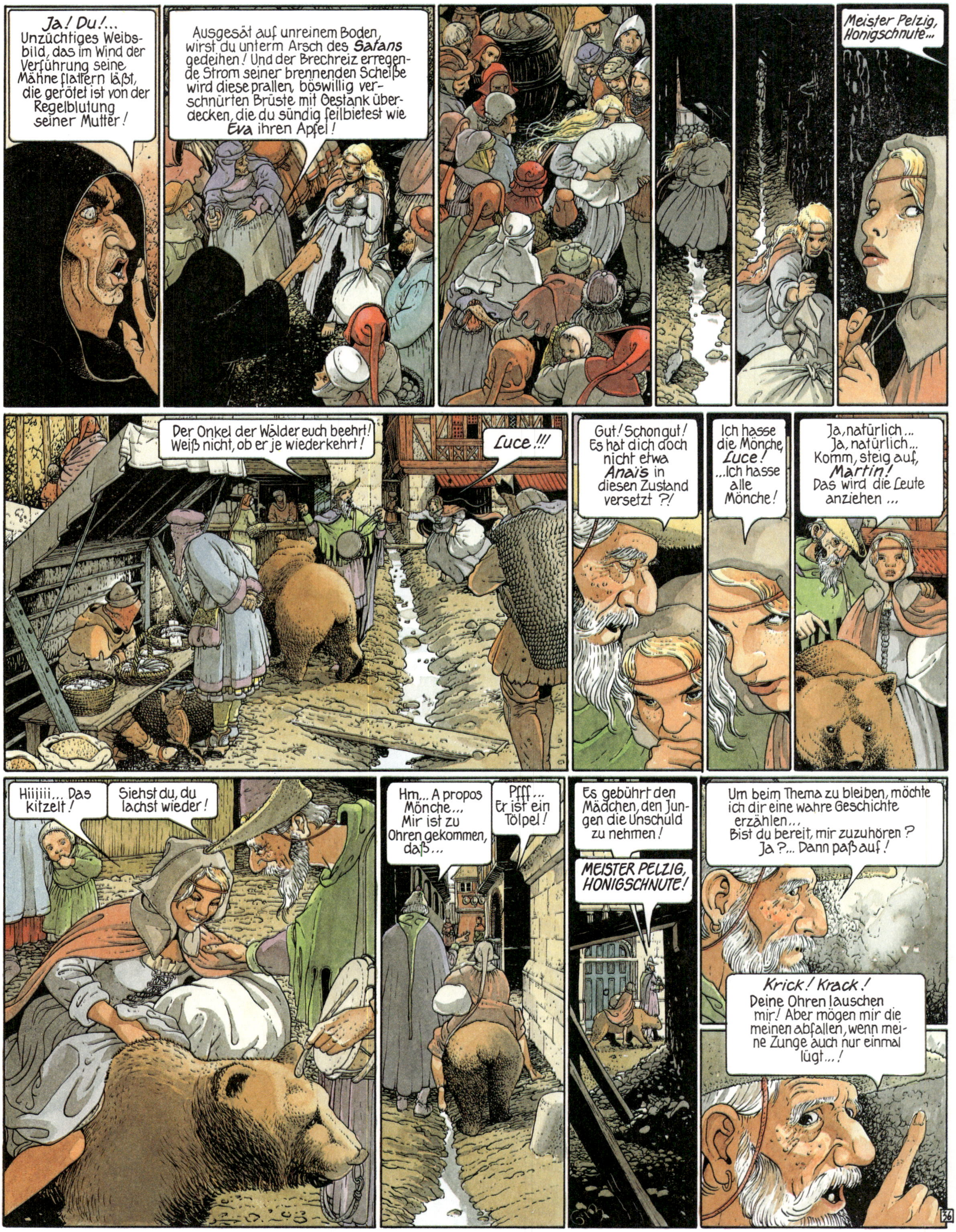

Ja! Du!... Unzüchtiges Weibsbild, das im Wind der Verführung seine Mähne flattern läßt, die gerötet ist von der Regelblutung seiner Mutter!
Ausgesät auf unreinem Boden, wirst du unterm Arsch des Satans gedeihen! Und der Brechreiz erregende Strom seiner brennenden Scheiße wird diese prallen, böswillig verschnürten Brüste mit Gestank überdecken, die du sündig feilbietest wie Eva ihren Apfel!
Meister Pelzig, Honigschnute...
Der Onkel der Wälder euch beehrt! Weiß nicht, ob er je wiederkehrt!
Luce!!!
Gut! Schon gut! Es hat dich doch nicht etwa Anaïs in diesen Zustand versetzt?!
Ich hasse die Mönche, Luce! ...Ich hasse alle Mönche!
Ja, natürlich... Ja, natürlich... Komm, steig auf, Martin! Das wird die Leute anziehen...
Hiiiiii... Das kitzelt!
Siehst du, du lachst wieder!
Hm... A propos Mönche... Mir ist zu Ohren gekommen, daß...
Pfff... Er ist ein Tölpel!
Es gebührt den Mädchen, den Jungen die Unschuld zu nehmen!
MEISTER PELZIG, HONIGSCHNUTE!
Um beim Thema zu bleiben, möchte ich dir eine wahre Geschichte erzählen... Bist du bereit, mir zuzuhören? Ja?... Dann paß auf!
Krick! Krack! Deine Ohren lauschen mir! Aber mögen mir die meinen abfallen, wenn meine Zunge auch nur einmal lügt...!
36

Damals, *Mariotte*, hatte ich noch nicht diesen weißen Bart, mit dem mich manche für *Boutedieu* *) halten...

Statt dessen trug ich ein paar Härchen. Recht und schlecht verbargen sie mein fliehendes Kinn, das einen Komödianten nicht gut kleidet.

Kehr wieder um, *Luce!* Sie sind alle völlig betrunken und schnappen sich jeden, der nicht von hier ist! Sie beschuldigen einen Juden, einen Knaben entführt zu haben, um ihm das Blut abzuzapfen!

Sie haben ihn mitsamt seiner Familie eingesperrt und - um das Maß vollzumachen - auch mit den Zigeunern, die vor uns in die Stadt einzogen... Ein Franziskaner versucht vergeblich, die aufgebrachte Meute zu besänftigen.

Damals, *Mariotte*, war ich noch sehr neugierig...

Tu, was dir richtig erscheint, aber rechne nicht damit, daß wir auf deine Rückkehr warten.

Einen Schritt weiter, Mönch, und ich bringe dich um!

Mein Leben ist nicht von Bedeutung, verglichen mit der Rettung deiner Seele...

Denn wenn ich diesen Unschuldigen die Türe öffne, rette ich euch alle vor der Hölle!

Ein kluges Argument... Warten wir die Antwort ab...

Sie war schlicht und ergreifend, aber ihr fehlte ein Quäntchen Anmut!

Es brauchte wenig Zeit, um sich im Gedränge zu überzeugen, daß - ohne Juden und Zigeuner - der mutige Franziskaner noch am Leben geblieben wäre...

Es brauchte eine Nacht, bis das Haus niedergebrannt war...

Während drinnen die Schreie allmählich verloschen, dämpfte sich auch das Gelärm draußen ... Noch bevor die Sonne aufging und jedes Gesicht kenntlich machte, war das ganze niederträchtige Volk wie vom Erdboden verschluckt...

In diesem Augenblick, als ich allein war, bekam ich unwiderstehliche Lust, mein Haupt in einen großen Kübel Wasser zu tauchen. Und als ich mich über den alten Brunnen beugte, sah ich... Oh, du kämst niemals darauf, was ich in diesem Brunnen sah, *Mariotte!*...

Einen Basilisken!

*) Boutedieu: Komödienfigur, die im Theater des Mittelalters den nomadischen Juden symbolisiert

Einen Basilisken?... Was du nicht sagst!... Auf halbem Wege zwischen Brunnenrand und Wasser schaukelte ein Kübel...
Im Brunnen versteht sich das von selbst!
...schaukelte ein Kübel... und darin ein Baby!
Hörst du, Mariotte?!... Eine Frau, jenseits von Haß, sah den Tod kommen und hatte noch genügend Vertrauen in das Leben, um zu hoffen, daß unter jenen, die sie umbrachten, noch jemand wäre, der sich nach dem Unheil ihres Töchterchens annehmen werde... Ich nannte das Kind Anaïs.
Anaïs! Ist denn Anaïs die Tochter von Juden oder von Zigeunern?
Anaïs ist die Tochter von einem Häufchen Asche.
Ich bin es, der in unseren bösen Possen den Juden spielt. Als Zeichen meiner Reue, weil ich damals zu feige war, dem armen Franziskaner beizustehen. Ich, der ich vielleicht die Überzeugungskraft gehabt hätte...
Einige Jahre später kaufte ich Martin, dessen Mutter von finsteren Jägern getötet wurde.
Was Gerson betrifft, ich habe ihn von einem Strick gepflückt, kurz bevor er den Geist aufgab.
Warum hat man ihn gehängt?
Ich habe ihn niemals danach gefragt.
Luce...
Ich möchte Sie gern umarmen.
...daß die Herrin Carmine in unseren Mauern sein wird, um Weihnachten im Schloß Montroy zu feiern...
Die Herrin Neyrelle lädt ihr gutes Volk ein, sie freudig zu empfangen und das ehrbare Ge-...
MEISTER PELZIG HONIGSCHNUTE!
He! Du! ...Hau ab! Und störe nicht die Bekanntmachung!
Ich verlasse Sie hier, Luce. Es wäre wohl unrecht, meinen Herrn zu lange beim Tuchschneider warten zu lassen.
38

— Und außer dem Mantel und den Strümpfen hat er uns echte Lederschuhe gekauft, wie sie die Soldaten haben!

— Hüte dein Gesäß, Mariotte, hüte deinen Arsch!

— So prachtvoll sie auch sein, so sind doch diese Geschenke eher eine Ausstattung für die Straße! Sollte er auf den Gang zum Schloß verzichten...?

— Auf eine zweite Einladung hat er ausweichend geantwortet. Mein Plan, im Schwitzbad zu arbeiten, hat ihn etwas erzürnt, und ich glaube, er sucht ein Schiff für die Abreise. Ich finde, daß er in letzter Zeit etwas launenhaft geworden ist.

— Was ich noch sagen wollte... Hör zu, Mariotte...

— Morgen ist Vollmond... und wir suchen drei Mädchen, um den Werwolf anzulocken...

— Jede soll dreihundert Schritte von der anderen entfernt stehen, bewacht von einem Mann, der ihr beisteht und die Jäger informiert, sobald die Kreatur ihre Zähne fletscht und angreifen will... Ich bin einer der Posten...

— Gut, du kannst mich als eines der drei Mädchen zählen.

— Nanu! Du hast meinen Kamm gefunden?

— Deinen... deinen Kamm?

— Ich gab ihn der Kleinen am Tag, als sie starb... Und da sie ihn nicht bei sich hatte, als man sie heimbrachte, glaubte ich ihn verloren...

— Was ist, Mariotte? Du bist so blaß!

— Nichts, Jacot, nichts! ...Ich würde nur gern einmal den Täter demaskieren, damit sich seine ganze Umgebung nicht mehr vor ihm fürchten muß.

— Ihr schlaft nicht, meine Herrin...?

— Anaïs....

— Natürlich habe ich recht! Du selbst hast es mir gesagt! Wenn der Täter entwischt, sind wir die ersten Verdächtigen.

— Aber wir locken freiwillig das Monster an und halten unsere Freunde dadurch aus dieser Sache heraus...

— ...indem Luce und Martin die Jäger begleiten. Der Bär selbst ist ohnehin außer Gefahr!

— Und Gerson halten wir besser von allem fern! Seine Rohheit und seine Vorliebe für Jungfrauen könnten uns mehr als alles andere schaden.

— Ich... wagte das nicht zu sagen... Bis heute abend, Anaïs!

"Arme Leute!... Warum gebt Ihr ihnen nicht ein paar Männer und die Meute...!?"

"Die schmutzige Höhle der Mädchen da unten taugt weniger als das Gedärm meines bissigsten Hundes."

"Um einen Werwolf zu jagen, ist wohl *Luce* total ungeeignet!"

"Was *Gerson* angeht, ich habe ihn nicht gesehen... Er setzt sich oft ab, streift umher und wälzt sich mit irgendeiner Hure im Stroh."

"Warum argwöhnst du?... Weil er dich nehmen wollte?"

"Ich?... *Gerson* verdächtigen?!... Nein! Nein!"

"Sei still!... Jetzt lügst du!"

Hört mir zu!... Hört mir zu!...
Jede Kreatur, die zur Stadt hinein will, ohne die Brücke oder das Kloster zu passieren, muß diese drei Felder überqueren. In der Mitte des ersten Feldes bleibt Anaïs, bewacht von einem Mann oben im Wäldchen.
Martin genügt mir als Wache!
Aber wer unterrichtet die Jäger, wenn der Werwolf ihm entwischt...?!
Du nicht, Pilger! Er schätzt dich nicht sehr!
Dieses Herzchen eignet sich besser. Mein Bär liebt die Jugend.
Nun du, Kleine!... Halte dich hinter dem Felsen auf!
Das ist meine Tochter! Ich werde sie selbst beschützen!
Versteck dich gut, Mariotte! Ich werde dich von dort oben bewachen, sobald die restlichen Jäger postiert sind.

Die Mädchen haben einen Arsch!
Aber die Mädchen haben Väter, und die Väter haben Forken!
Und das Dumme ist, daß die Welt perfekt gemacht ist!!
Bist du betrunken, Gerson?... Die kleine Wasserträgerin, die dich zur Hölle wünschte, will dir ihr Paradies anbieten!
Ich wette, daß sie wildert! Artig erwartet sie den Morgen, um ihre Fallen zu leeren...
Aber diesmal sind Luce und Martin weit fort! HA! HA! HA!
Ich vergewissere mich lieber noch, ob sie Komplizen dabeihat.
KRACK
Bist du's, Jacot...?
Jetzt zu uns beiden, mein Liebes!

Gott schuf den Menschen nach seinem Ebenbild...

Und für seine Phantasie machte ihm *Satan* die Maske!

Guter Teufel, der meinem Gesicht für diese Nacht einen Namen gibt!

Jacot!... Jacot!... ZU HILFE!!!

Das ist die Stimme von *Mariotte*!!

Faß den Wolf, Martin! Faß ihn!!!

Jacot...?

Dem Vater schnitt ich den Hals ab, und wäre nicht dein Schrei gewesen, hätte ich auch das Mädchen getötet!... Es ist immer das letzte Mal... Aber stets beginnt es von neuem!

Dieser brutale *Gerson* hat, was er verdient, aber mir bleibt noch, meinen Schwur einzulösen...

Hilf mir, *Mariotte*!

Da du mir die Hilfe deiner Hand verweigerst, muß ich selbst Hand an mich legen, denn ich habe den Tod gewählt...

Der Pilger! Er hat uns hereingelegt! Aber wer ist der andere? Ist das sein Komplize...?

Das ist einer der Komödianten! Wenn es die zwei waren, dürfte auch *Anaïs*...

Seid still! Nur ich habe alles gesehen!

Die Komödianten sind auf unserer Seite!... Ihr Bär hat den Werwolf getötet!... Und *Gerson*... er verlor sein Leben, als er mir zu Hilfe eilen wollte!

Danke....

"Komm doch, Mariotte!! Es schneit schon..."

BUUH! HA! HA! HA! Hm! Hm!...

AYMON!!! "Du bist erkältet, Mariotte! Du zitterst und phantasierst!"

"Kehren wir um!... Komm..."

"Du kommst von weit her, *Mariotte!* Drei Tage hast du geschlafen!"

"Seit drei Tagen versorge ich die Pferde allein!"

"Erst jetzt ist dein Fieber gesunken."

"Der Winter ist da. *Luce* und ich mußten uns hier niederlassen. Wenn die Stelle frei ist, kannst du ab morgen in den Bädern arbeiten. Aber wenn du willst, beginnen wir heute abend, dir unsere Kunst beizubringen."

"Wirklich?... *Wollt ihr das?*"

"Wenn es wieder warm wird, ziehen wir zusammen mit den Komödianten nach Südfrankreich ...Sofern du dann einen Schwank spielen kannst."

"Siehst du?! Sobald man dich kein Wirrwarr mehr anzetteln läßt, fallen die großen Entscheidungen..."

"Warte hier... Ich suche nach der Herrin."

"Da bist du also endlich..."

"Sage ich vier Tage, meine ich nicht drei oder fünf! Da ich keine Rothaarige brauche, könntest du gleich wieder umkehren."

Keiner der Männer kommt wieder, wenn er nicht von einer Dienerin mit dem Haar seines Geschmacks versorgt wird.
Da ist Jacquette... Du wirst sie ersetzen...
Mich ersetzen?!!! Heiliger Johannes! Was soll denn diese Neuigkeit?!!!
Wenn ich hier lauter ledige Mütter halte, sagt man bald in der Stadt, daß ich ein Bordell betreibe.
Du stinkende Hosenscheißerin! Erst spritzt er uns sein Zeug in die Votze, und hat er dir endlich genug dafür bezahlt, dann kommt er nie wieder!
Und was die da betrifft... Komm doch her, mein Püppchen! Ich werde dir die Haut auf unvergeßliche Weise schrubben!
Ha! Ha! Ha! Nimm dich in acht, kleine Jacquette! Die Stute dort kann gut ausschlagen.
Ich wußte nicht, daß der Herr uns so bald besucht! ... Ich schicke ihm eine Dienerin hinauf.
Schick mir Jacquette! Das ist mir lieber, als mit der Begleiterin eines Ritters, die mich rasiert, Streit zu suchen. Wir werden gemeinsam schauen, ob es nicht im Schloß eine Arbeit für flinke Mädchen gibt, die besser zu ihr paßt.
Du dienst einem Ritter? Einem echten? Was, zum Teufel, tust du dann in diesem Schwitzbad?
Hmm... Ich... Mein Herr sagt, wer gut dienen will, braucht die beste Schule und muß überall arbeiten.
47

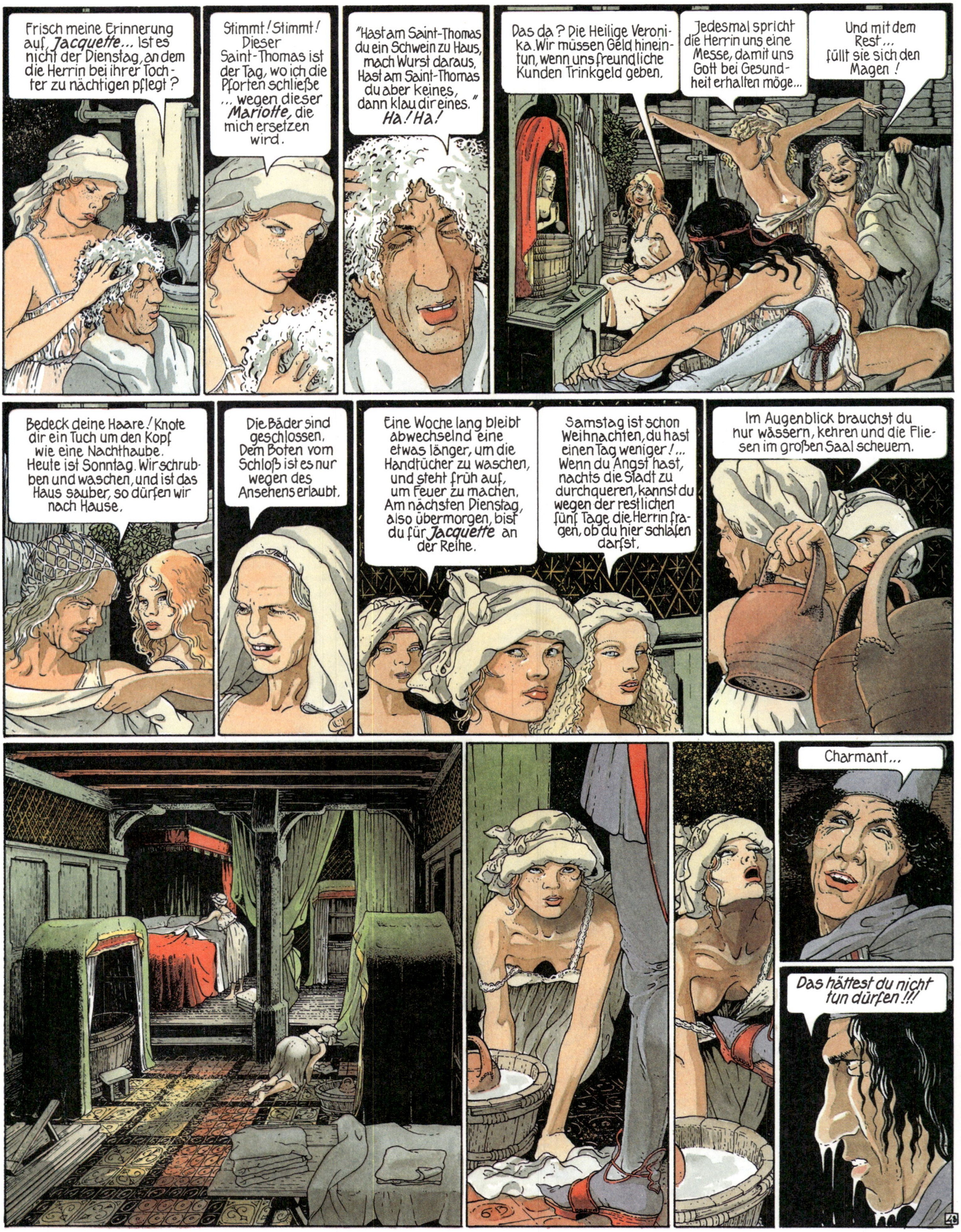

Frisch meine Erinnerung auf, Jacquette... Ist es nicht der Dienstag, an dem die Herrin bei ihrer Tochter zu nächtigen pflegt?
Stimmt! Stimmt! Dieser Saint-Thomas ist der Tag, wo ich die Pforten schließe ... wegen dieser Mariotte, die mich ersetzen wird.
"Hast am Saint-Thomas du ein Schwein zu Haus, mach Wurst daraus. Hast am Saint-Thomas du aber keines, dann klau dir eines." Ha! Ha!
Das da? Die Heilige Veronika. Wir müssen Geld hineintun, wenn uns freundliche Kunden Trinkgeld geben.
Jedesmal spricht die Herrin uns eine Messe, damit uns Gott bei Gesundheit erhalten möge...
Und mit dem Rest... füllt sie sich den Magen!
Bedeck deine Haare! Knote dir ein Tuch um den Kopf wie eine Nachthaube. Heute ist Sonntag. Wir schrubben und waschen, und ist das Haus sauber, so dürfen wir nach Hause.
Die Bäder sind geschlossen. Dem Boten vom Schloß ist es nur wegen des Ansehens erlaubt.
Eine Woche lang bleibt abwechselnd eine etwas länger, um die Handtücher zu waschen, und steht früh auf, um Feuer zu machen. Am nächsten Dienstag, also übermorgen, bist du für Jacquette an der Reihe.
Samstag ist schon Weihnachten, du hast einen Tag weniger!... Wenn du Angst hast, nachts die Stadt zu durchqueren, kannst du wegen der restlichen fünf Tage die Herrin fragen, ob du hier schlafen darfst.
Im Augenblick brauchst du nur wässern, kehren und die Fliesen im großen Saal scheuern.
Charmant...
Das hättest du nicht tun dürfen!!!

Das hättest du nicht tun dürfen!... Die Mächtigen dieser Welt rächen sich geschwind. Und es ist ein böses Omen, daß er dich nicht gleich bestrafe.

Das hättest du nicht tun dürfen!... Ich wollte, daß diese Leute mich unbefangen besuchen.

Verzeiht, meine Herrin. Ich habe die Dienerin ungeschickt behandelt! ... Aber für den Ritter ist mein Plan unfehlbar, sofern ich dafür einen Helfer finde!

Finde ihn!

Es vergeht kein Sonntag, ohne daß Lehrlinge und Diener in der Stadt irgendwelche Dummheiten machen. Da sich die Bogenschützen ab und zu prügeln, habe ich sie für diesen Abend durch die besten Wachen ersetzt...

Noch vor Tagesanbruch habe ich meinen Mann gefunden!

Wirklich... das wünsche ich dir!

Kehret eure Schlote rein, kehret sie, ihr Jungfräulein! Und als Lohn, gering und klein, ladet ihr uns zu euch ein!

Um diese Zeit kehren?! Was sind das für Narren?

Ein paar Lehrlinge, die Ausgang haben und allesamt, verdorben von Trunksucht, an die Türen klopfen, die Schilder abhängen und brave Bürger wecken, indem sie die Ausrufe von ehrbaren Handwerkern nachahmen.

Seit drei Tagen fällt ihresgleichen über Dirnen her, zwischen der Rue du Derniere-Sol und der Chaussee *Housse-Galants!* *)

Und in der Metzgergasse haben sie am lichten Tage die Tochter meines Schlachters getötet, die verhindern wollte, daß sie ihren Gänsen den Hals abschneiden...

Heilige Jungfrau Maria, steh uns bei! Was widerfährt uns auf dem Fest der Narren, wenn diese üblen Bürschchen dann schwarz verschleiert und maskiert durch unsere Stadt streunen.

*) Straßennamen im Viertel der Prostituierten und der Spielhöllen

Oh! OOOOH...!

Kehret eure Schlote rein, kehret sie, ihr Jungfräulein! Wir kehren runter, kehren rauf, seitlich und auch mittendrein!

Ich flehe euch an, laßt mich gehen! Mein armer Vater stirbt und verlangt nach einem Priester...

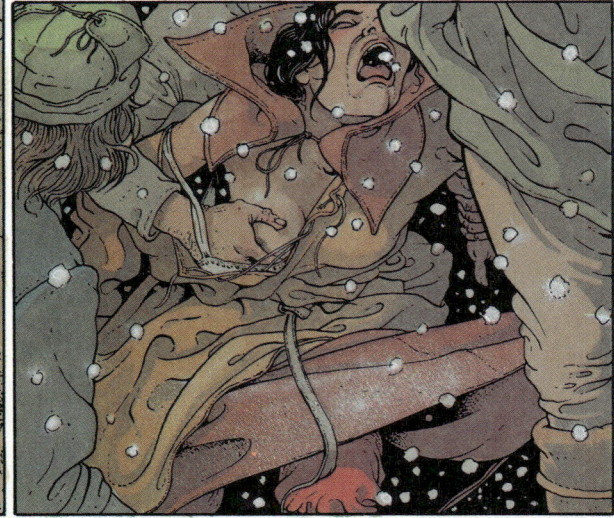

Mein Weihwedel wird deine Kapelle segnen, Hühnchen!

Hast du keine Ehre, dir das anzusehen, altes Schwein!?

Man muß wissen, wer dieses Mädchen ist, um ihre Mutter in Kenntnis zu setzen.

Das stimmt! Sonst verheimlicht ihr das Mädchen, daß es auf ewig untauglich ist für die Ehe.

Jetzt du, Kumpel!... Du hast uns lange genug warten lassen... Zeig uns nun, was ein echter Kaminkehrer mit seiner Rute macht!

Worauf wartest du denn?! Herrje! Bist du dazu etwa nicht imstande?... Oder fürchtest du womöglich das wollüstige Loch einer Frau?

Ich... ich fürchte nicht das Loch... aber...

Schlagt schonungslos auf den Haufen ein, aber bedenkt, daß ich sie lebend will!

Vorwärts, Männer! LOS! Auf die Gaunerbande!

AUF SIE! AUF SIE!

Ich habe mich sehr bemüht, deine Träume zu verstehen!... Niedergetrampeltes Dorf... Zerstörte Stadt... Das alles verheißt nichts Gutes...

Und diese Weiße Frau, die aus dem Blut wiederaufersteht, das man ihr geopfert hat... Und jedesmal wirst du von einem Kampf mitgerissen, bei dem du alles zu verlieren und sehr wenig zu gewinnen hast...

Paß auf dich auf, *Mariotte*!... Auf dem Schachbrett deines Lebens bist du nicht die Königin... Flieh!... Denn du bist nur ein Bauer auf dem Feld eines anderen!

Vielleicht war ich nur ein Bauer im Spiel von *Jacot*... Aber er brauchte mich, um seine Partie zu beenden.

Schreib dir hinter die Ohren, daß es ohne Liebe kein wahres Leben gibt! Such dir einen Jungen, stark wie ein Baum, mit weichem Herzen, und hör auf, deine Sinne mit jenen zu trüben, die, um ihr Leben nicht völlig zu versäumen, nichts weiter haben als den Tod.

Du wirst mich vor Weihnachten nicht mehr sehen. Ich übernachte in den Bädern, um abends nicht durch die Stadt zu müssen.

Sag mir lieber, ob das Haus besser geheizt ist als die Herberge!... Sieh mal!... Da vorne passiert etwas!!!

OOOOH!!! Mmmh...!

Barbaren...

Du würdest anders sprechen, wenn *dich* diese hübschen Edelknappen vergewaltigt hätten! Seit nunmehr gut dreißig Jahren ist keiner von diesen Gewalttätern gefaßt und bestraft worden.

Pff! Das ist eine üble Justiz!... Man kastriert die Knappen, bevor man sie hängt, aber die Reichen haben bezahlt und werden freigesprochen.

Du sprichst wie ein Trottel, der die Landstreicher deiner Gattung verteidigt. Und dabei scherst du dich wenig um die dem Kaminkehrer gewährte Gnade, der das Mädchen unweigerlich vor der Schande gerettet hat.

Pfui!

Wer sich ans Leben klammert, indem er seine Hörner hineinbohrt und eine Hure zur Frau nimmt, ist nicht edelmütig... Denn nur der Tod wäscht jene von der Schande rein, deren Feuer zehn Kerzen geschmolzen hat.

...und erkläre euch vereint durch das Band der Ehe!

Ganz *Montroy* wird euch verspotten, wenn ihr nicht sofort die Stadt verlaßt. Weder die Unschuld der Frau noch die Reue des Mannes bringen die üble Nachrede zum Schweigen. Die Woge des Hohns kann sogar ehrenhafte Familien beschmutzen, die - euch großzügig ausstattend - das Fehlverhalten einiger guter Burschen wiedergutgemacht haben, die sich von wahren Taugenichtsen mitreißen ließen, derer sich die weltliche Macht gerade jetzt annimmt.

Ihr reist am Mittwoch ab! Außer dem Geld bekommt ihr ein Maultier... Doch zuvor... hätte ich gern, daß mir unser Kaminkehrer einen allerletzten kleinen Dienst erweist...

AA... RA...

Laß uns gehen, *Anaïs!* Ich kann das nicht mehr sehen!

Thh!...Thh... Ich versäume nie das Ende eines großen Spektakels!

Aymon!!!

Ich hörte, du arbeitest in den Schwitzbädern... Und da ich den Esel des Bruders, der den Verurteilten beistehen, ausführen mußte...

Empfangen um Mitternacht... verloren vor Mittag!... Die nahende Weihnacht gibt den Richtern Flügel! So schnell haben sie noch nie ein Urteil gefällt.

Sprich nicht von diesem Grauen, sonst träume ich monatelang davon!

Aber..., das ist doch das Schicksal, das du mir angedroht hast...!

Idiot...

Ich mag nicht die Art, mit der uns dieser Kopf anstarrt!

Warte...

Und der Bär...?

Nein! Der nicht! Bären bringen mir eher Glück!

Und mein Herr tat übel daran, Anfang des Sommers einen zu töten..*)

A propos dein Ritter und unsere Einladung ins Schloß... Ich fand ein Schreiben, das den Tunnel betrifft.

Ich habe es dir abgeschrieben. Und da ich alles von Latein ins Romanische übersetzt habe, kannst auch du es problemlos lesen... Ich muß mich sputen, denn ich treffe den Bruder eine Stunde vor Mittag, am Fuße des Galgens.

Gut, meine Herrin...

Als erstes machst du Feuer und setzt Wasser für drei bis vier Bottiche auf. Morgen abend gehe ich fort, aber *Jacquette* wird dir sagen, was du zu tun hast.

Ja, Herrin!

Hüte dich vor *Jacquette!*... Obgleich man ihr eine gute Stelle im Schloß angeboten hat, kann sie ihre Gemeinheiten nicht zurückhalten.

*) Siehe Band 1: "Im Zauber des Nebelwaldes"

"Warum sollte ich dir böse sein? ...Habe ich es nicht dir zu verdanken, daß ich in der Schloßküche arbeiten werde?... Dort esse ich besser, und man schlägt mich weniger!"

"Ich will nur nicht, daß du glaubst, ich hätte dir deine Stellung hier weggenommen."

"Hör nicht auf die Alte. Sie verbringt den größten Teil ihrer Zeit damit, uns gegeneinander aufzuwiegeln und Vorwände zu finden, uns auszupeitschen. Tja!... Zum Beispiel: Hat sie dich gewarnt, das Feuer in der Wäschekammer nicht so sehr zu schüren, daß der Schornstein raucht?"

"...und daß du einem Kaminkehrer auch nach Schließung öffnen mußt?"

"Wir kehren runter, kehren rauf, seitlich und auch mittendrein..."

"Ich dachte nicht, daß Sie noch kommen!"

"Ich arbeite so lange, bis mich niemand mehr auf die Dächer schickt."

"Na bitte!... Trotzdem wäre es besser, wenn ich das alles zum Frühlingsanfang sehen könnte!... Hast du Wein für einen Handwerksburschen?"

"Und ob! Den allerbesten!... Denn ich werde ihn mit dir trinken..."

"Bleib etwas... Ich bin allein..."

"Nein!... Ich... Ich muß jetzt gehen!"

»Vier Tage ohne Nachricht! ...Das gefällt mir keineswegs!«

»Morgen ist Weihnachten. Sie wird es nicht versäumen, zu uns zu kommen.«

»Kommt sie... oder kommt sie nicht! ...Die Frau hat oft Launen! Und ich wette, wenn ihr Mönchlein zur Mitternachtsmette erscheint, werden wir sie vor Tagesanbruch nicht mehr zu Gesicht bekommen!«

»Wenn dein Spießchen genauso spitz ist wie deine Zunge, verstehe ich Mariotte, die sich woanders umschaut!«

»Seid nicht so niedergeschlagen, mein Herr! Ich werde Eure Dienerin bei Nacht suchen und sie noch vor morgen mittag zu Euch bringen!«

»Eine Rothaarige..?«

»Es lebe Carmine!«
»Hoch, Herrin Carmine!«
»Lang lebe MALATERRE...!«
»WEIHNACHT!« »WEIHNACHT!«

»Die Rote kommt! Und der Schwarzen zum Gefallen soll sie durch das große Portal eintreten. Aber mit ihr... wird in die Kirche eintreten...«

»...DER ATEM DES TODES!«

DONG! DONG! DONG! DONG! DO...

WEIHNACHT! WEIHNACHT!

Eine Füchsin...

Ein rothaariges Mädchen also...

Eine, die in den Bädern arbeitet?...Mit Huren habe ich nichts zu tun!!

Abstand, Abstand, Abstand halten! Schaut von ferne, Mann und Kind! Um's noch hübscher zu gestalten, putzt die Nasen Euch geschwind!

Keine Spur, Luce! Nichts! Trotz Weihnachten werde ich morgen in den Bädern nachfragen!

Mariotte...?

Na, hinter dir, mein Kind!... Direkt hinter dir!

HA! HA! HA!

Sie wird sterben, wenn man sie nicht wärmt! Du wirst sie doch am Weihnachtsmorgen nicht krepieren lassen...?!

Man darf sich ihr nicht nähern!... Verschwinde!

Morgen beginnt das Fest der Narren! Wenn alle wissen, daß du das Mädchen am Tage Christi Geburt hast sterben lassen, kannst du dich in keinem Haus mehr verstecken! Weißt du was?... Auf deine Nüsse gebe ich nichts.

Schon gut! Ja! Ich werde die Augen zudrücken! Aber geht, bevor irgendwelche Gaffer kommen.

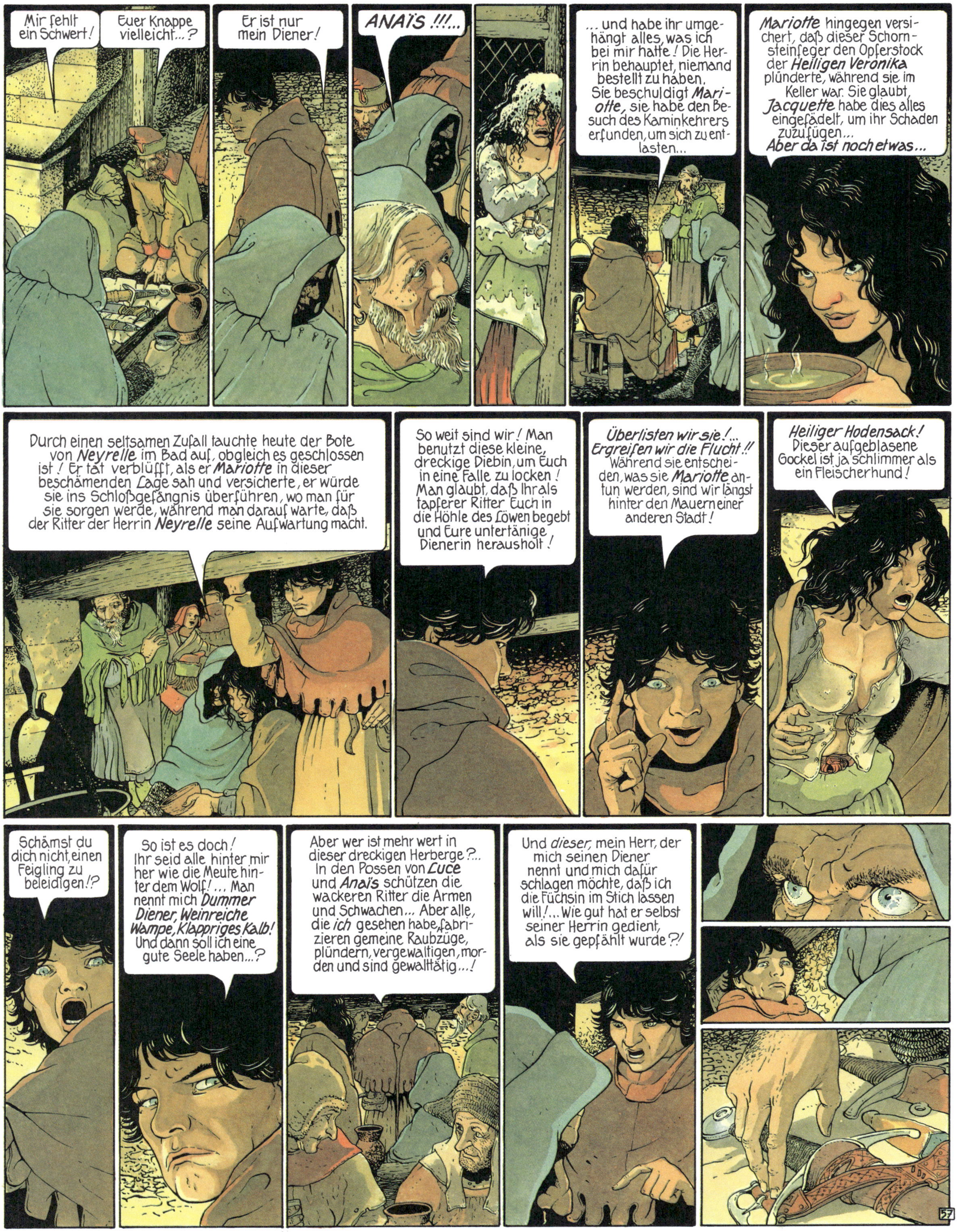

Mir fehlt ein Schwert!
Euer Knappe vielleicht...?
Er ist nur mein Diener!
ANAÏS !!!...
... und habe ihr umgehängt alles, was ich bei mir hatte! Die Herrin behauptet, niemand bestellt zu haben. Sie beschuldigt Mariotte, sie habe den Besuch des Kaminkehrers erfunden, um sich zu entlasten...
Mariotte hingegen versichert, daß dieser Schornsteinfeger den Opferstock der Heiligen Veronika plünderte, während sie im Keller war. Sie glaubt, Jacquette habe dies alles eingefädelt, um ihr Schaden zuzufügen...
Aber da ist noch etwas...
Durch einen seltsamen Zufall tauchte heute der Bote von Neyrelle im Bad auf, obgleich es geschlossen ist! Er tat verblüfft, als er Mariotte in dieser beschämenden Lage sah und versicherte, er würde sie ins Schloßgefängnis überführen, wo man für sie sorgen werde, während man darauf warte, daß der Ritter der Herrin Neyrelle seine Aufwartung macht.
So weit sind wir! Man benutzt diese kleine, dreckige Diebin, um Euch in eine Falle zu locken! Man glaubt, daß Ihr als tapferer Ritter Euch in die Höhle des Löwen begebt und Eure untertänige Dienerin herausholt!
Überlisten wir sie!... Ergreifen wir die Flucht!! Während sie entscheiden, was sie Mariotte antun werden, sind wir längst hinter den Mauern einer anderen Stadt!
Heiliger Hodensack! Dieser aufgeblasene Gockel ist ja schlimmer als ein Fleischerhund!
Schämst du dich nicht, einen Feigling zu beleidigen!?
So ist es doch! Ihr seid alle hinter mir her wie die Meute hinter dem Wolf!... Man nennt mich Dummer Diener, Weinreiche Wampe, Klappriges Kalb! Und dann soll ich eine gute Seele haben...?
Aber wer ist mehr wert in dieser dreckigen Herberge?... In den Possen von Luce und Anaïs schützen die wackeren Ritter die Armen und Schwachen... Aber alle, die ich gesehen habe, fabrizieren gemeine Raubzüge, plündern, vergewaltigen, morden und sind gewalttätig...!
Und dieser, mein Herr, der mich seinen Diener nennt und mich dafür schlagen möchte, daß ich die Füchsin im Stich lassen will!... Wie gut hat er selbst seiner Herrin gedient, als sie gepfählt wurde?!
57

Er hatte die Wahl, wie ein tugendloser Diener zu fliehen oder wie ein mutiger Knappe seinen Herrn aufs Schloß zu begleiten ...In beiden Fällen hat er ein Recht auf das Schwert... Aber im ersten hätte es ihm wohl im Bauch gesteckt!

Wie ungeschickt er ist! Geht er mit seinem anderen Schwert auch so um?

Die Antwort wartet im Heu!

Hoho!... Anicet!

Laßt mich, ihr geilen Frauenzimmer! Seht ihr nicht, daß ich trainiere!?

Trainiere lieber uns! Und lernen wir ein noch längeres Schwert kennen, erzittern unsere armen, kleinen Herzen...

Aber... aber...

Was schaust du, *Aymon*?

Nichts...Ich... würde gern morgen früh in die Stadt gehen. Ich war noch niemals auf dem Fest der Narren.

Der Esel wird der König des Festes, und jeder Diener wird zum Herrn. Sie ehren den Heiligen Stephan, auf dem Altar schlemmend und unanständige Lieder gröhlend. Inmitten dieser Ausschweifungen, mein lieber *Aymon*, suchst du das rothaarige Mädchen vergebens...

Aber ja!... Die Hiebe der Zungen sind schlimmer als die der Lanzen. Seit langem weiß ich, wen du in der Stadt aufsuchst! Vom Schloßkaplan weiß ich auch, daß man sie dort eingesperrt hat! Aber hab Vertrauen, mein Junge! Das Gefängnis ist nicht der Galgen!

Wenn Euch Gott das Leben schenkt, wirst du deinen frommen Dienst vielleicht für die Liebe dieser Frau aufgeben. Das liegt bei dir!... Aber vor allem mußt du diese "*Geschichte von Merlin*" vollenden. Tu diese Arbeit für Gott, für das Kloster, das dich ernährt, und für jene, die es fordern. Und dann...

Darf ich dir das sagen?... Manchmal habe ich Angst, zu viel zu wissen... Löse nicht gegen dich - und mit dir gegen diese Frau - das überwältigende Band der Kräfte, die zwischen heute und gestern walten.

Was suchen die Mädchen bei *Anicet*?

Sie fürchten, daß sie ihm ein paar Spermien in der Leere seines Kopfes zurückgelassen haben...

Kommt! Auf geht's! Der Tag bricht an...

KRÂA

69

Gebt ihnen Zutritt!

Laßt die Brücke herunter...
Öffnet die Tore!

Schloß Montroy 1 . . .

Schließt die Tore!

KLANG!

Seid herzlich willkommen!

Laßt Eure Knappen die Pferde versorgen, und ich werde Euch sogleich Euer Gemach zeigen!

Panel 1: Dieser schmierige Kaminkehrer hätte nicht am Strick gehangen und niemals die Ehren der Axt kennengelernt, wenn die Herrin Neyrelle nicht vor Eurer Ankunft diese schändliche Angelegenheit hätte bereinigen wollen.

Panel 2: Man spricht von Komplizen...

Panel 3: Diese Übeltäterinnen! Die junge Frau des Dieners und die kleine Hure, die im "La bone estuve" gearbeitet hat. Ich brenne darauf, sie zu fragen, wer sie dazu anhielt, meine Dienerin derart zu beschuldigen!

Panel 4: Da sind sie gerade! Man wird sie in ein finsteres Kloster führen, wo sie, nur von Gott erhört, lediglich dem Teufel Übles nachreden können.

Panel 5: Heda! Ihr zwei! Ich wüßte gern, wie...

Panel 6: (silent)

Panel 7: Waren sie so gefährlich, daß man ihnen die Zungen abschneiden mußte?

Panel 8: Sie benutzten sie einzig zum Lügen und hätten auch Euch hinters Licht geführt!

Panel 9: ...Überdies sind wir taub für die Gnade jener, die unsere Freunde beschämen!

Panel 10: Ach ja...? Der süße Duft des Friedens, der dieses Schloß durchströmt, verleitet mich, Eure Herrin für nachsichtig zu halten.

Panel 11: Nehmt Euch in acht, die Stufen sind glitschig!

— Ich mag nicht, daß du mir nachsteigst, seit du siehst, daß ich allein sein will!
— Aber...

— Jungfrau Maria!... Hält er Frauen für so dumm, daß sie sich von einem Knappen ohne Schild vögeln ließen?

— He! Ihr da! Wohin geht ihr?!

— Die Gefolgschaft unseres Gastes! Laß sie über den Nordturm heraufkommen.

— Der Weg, den wir benutzen, ist Leuten von Rang vorbehalten. Die Ehrentreppe im Hof führt auch zu dem einstigen Bergfried. Die Herrin Carmine, die dort wohnt, hat sehr viel Ruhe nötig.

— Hier schläft die Herrin Neyrelle, sofern sie sich nicht im Großen Turm aufhält...

— ...So wird der große Bergfried genannt.

— Ihr schlaft direkt darüber. Das Gemach ist weniger schön, bekommt aber mehr Sonne.

— Warte, Anaïs!... Ich bin erschöpft von den vielen Stufen!

— Tüchtig bist du nur in der Niedertracht!

— Das hast du noch nie gesagt!
— Gestern war gestern! Damit mußt du dich abfinden. Wer den Kopf hängen läßt, der richtet auch den Rest nicht auf!

Heda! Ihr zwei! Wo glaubt ihr zu sein, daß ihr hereinspaziert, ohne anzuklopfen?
Dies ist das Ankleidezimmer! Diese ganze Etage gehört unserer Herrin!
Die Herrin Neyrelle hat diese Mädchen heraufkommen lassen, um Euch ein Schwitzbad anzubieten.
Guten Morgen, edler Herr!
Guten Morgen, edler Herr!
Wo ist denn meine Dienerin?
Der Schlafsaal ist über uns. Die Jehannote wird Euch hinführen.
Aber nach Euch, mein Herr! ... Immer nach Euch!
Der Knappe schläft hier bei den Zimmerleuten... Hi! Hi! ... Sie schnarchen entsetzlich.
Das Fräulein könnte die Streu mit mir teilen.
He! ... Könnten wir nicht tauschen?
Du sagst nichts, Marlotte?
Ssönen Morgen, edler Herr!
Kleine Drecksgöre! Das ist doch wohl...
Herr!

| Panel 1 | Panel 2 | Panel 3 | Panel 4 | Panel 5 |

"Das... Euer Bad wird kalt..."

"Eure Bediensteten wohnen zwei Schritte von hier, zusammen mit dem Hauspersonal. Sollen wir ihnen das Badewasser ausheben?"

"Natürlich! Und bringt sie mir her!"

"Wir kommen darauf zurück, bevor wir Euch zum Abendessen führen. Heute mittag speisen Eure Leute in der Küche... Versucht heute nachmittag, den Rundwehr auf- und abzugehen... Ich muß Euch ohne Zeugen sprechen..."

"Hatschii! Es kommt Zugluft an meine Waden!"

"Heute nacht wird die Herrin Neyrelle mit Euch speisen. Ich muß Euch warnen, bevor es Abend wird...!"

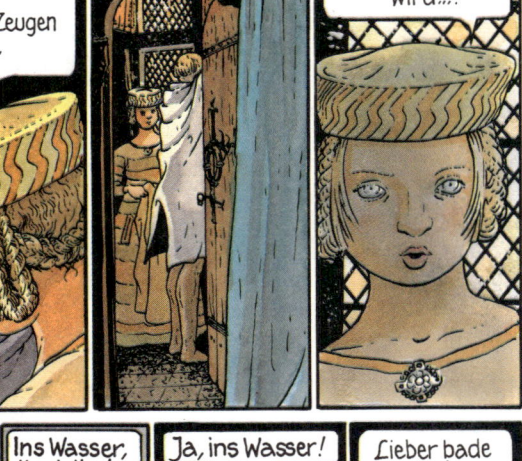

"Ah! Da seid ihr beide?!... Aber sag mir, Anaïs... Was habt ihr mit **Luce** gemacht?"

"Er bringt Martin neben den Quartieren der Wachen unter... Man hat mir von einem Bad erzählt..."

"Soeben bereitet!... Versuch doch, die **Mariotte** einzutauchen. Das wird ihr den Kopf wieder zurechtrücken."

"Ins Wasser, Mariotte! Ins Wasser!"

"Ja, ins Wasser!"

"Lieber bade ich in einem eisigen Bach, als noch einmal in diesen Bottichen!"

"Los! Ins Wasser!"

"AAA"

Au! Au! Au! ... UUJEEE!
Jetzt hör auf mit dem Gejammer! Oder such dir eine andere, die dich einsalbt.
Dieses Bad wirst du mir büßen, Anicet!
Die Reue frißt mich auf...
Man hat dich ausgepeitscht ... und ich war nicht da, es mitanzusehen!
Wonach suchten die Wachen der Stadt?.. Haben sie dich über den Raub des Opferstocks verhört?
Über Euch haben Sie mich befragt... Ich habe versucht, nichts zu sagen!
Versucht?!
Hättet Ihr es vorgezogen, daß man sie mit Peitschenhieben enthäutet?
Ich habe so wenig gesagt, daß es keinen Schaden anrichtet...
Im Schloß wurde ich gut behandelt... Man sagt, die Soldaten, die mich ohne jede Order gefoltert haben, sind bestraft worden. Ich wurde gepflegt, gewärmt und gut beköstigt... Ich habe geschlafen wie ein Stein!... Dennoch... Dennoch erinnere ich mich, daß eine Frau bei mir wachte.
Sie hatte eine Stimme wie Honig und warmer Wind. Und diesen Duft nach Salz, wie an einem Sandstrand...
Anaïs!
Und wenn ich im Fieber von Aymon gesprochen habe?!
Still, meine Füchsin... Still, meine Hübsche... Still, meine Zuckerpuppe...! Ruh dich jetzt aus! Zum Mittag holen wir dich und essen alle gemeinsam.

Wartet!... Gleich wird's lustig.
Beim Blute Gottes, Ancelinote! Schläfst wohl noch in der Wiege, daß du deine Röcke so bepißt?!
Zurück zum Brunnen, pinkelnde Sau!
Ich begleite sie...
He! Du bist hübsch, kleines Fräulein! ...Es paßt nicht zu dir, mit einer Schmutzliesel Wasser zu holen!
Ihre Mutter war eine derart gemeine Nutte, daß sie nur den König und sein Gefolge rübersteigen ließ. Kein Reiter, der ihr nicht seine Lanze gegeben hätte!
Die Dienerin mit der Schmutzliesel läßt sich von keinem Knappen beleidigen, der sich wie ein Drecksack aufführt.
Trockne erst mal, Kleines. Das Wasser kann warten!
Gott weiß, daß ich im Traum die Mutter dieser Hure qualvoll verrecken sah! Aber die Zeit ist vorüber. Und ich bete zur Jungfrau Maria, daß sie Ancele in ihrer Barmherzigkeit verschweigen möge, was alle diese Schweine ihrer Ancelinote antun.

Freilich!... Niemand weiß, wo er sich befindet... Stellen wir den Kübel an den Brunnen, und ich zeig's dir!
... Aber ...
Aber ja! Wußtest du das nicht? Er wurde vor langer Zeit zugemauert... Die Kinder haben sich dort immer verlaufen.
Man sagt, sie haben da über vier Tonnen Steine hineingemauert.
Seltsamer Kübel!
Der Schreiner hat oft seine Dauben ausgebessert, aber man sagt, die Faßbinde sei so alt wie der Brunnen ... und der Brunnen sei noch älter als das Schloß...
Es heißt auch - da dich der Tunnel interessiert - daß er auf dem Grund mit ihm zusammentrifft... Aber kein Brunnenreiniger hat jemals den geringsten Durchschlupf gesehen.
Und da?
Das ist die Kapelle! Die Türeinfassung und die Balken sind übrigens von Neyrelle erneuert worden.
"... An die Grenzen dieser Welt"...?
Als hätte ich es nötig, noch eine weitere Hexe in mein Gefolge aufzunehmen!
Die Grenzen dieser Welt habt Ihr schon erreicht!... Wenn Ihr noch weiter geht, braucht Ihr sie nicht dazu. Reißt sie nicht weiter mit Euch fort!

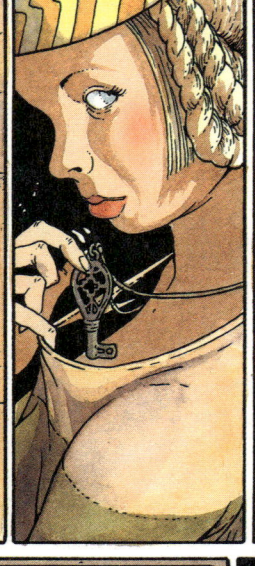

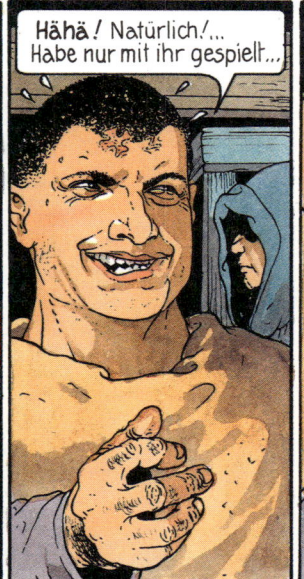

Gibst du mir jetzt die Befehle?	Der große Adler ist einsam... Mit dem Lamm verbindet ihn nichts weiter als der Trieb, es zu verfolgen, wenn er zu seinem Horst zurückkehrt...

Laß mich, Anaïs!... Ich werde erwartet.

Hütet Euren Verstand! Ich spreche von **Mariotte**! ...Die zwei Hinterbacken, die Euch beunruhigen, können sich für die Dauer eines Klageliedes gedulden!

Du Verrückte! Du kapierst nichts, was du nicht im Traum gesehen hast! Wenn ich diese Frau verliere, dann verliere ich auch uns.

Sag mir, was du gesehen hast!... Sprich!... Sagst du's mir?... Wenn du schweigst, schneide ich dir die Zunge ab!!!

Vielleicht kann sie nicht sprechen?

Hähä! Natürlich!... Habe nur mit ihr gespielt...

Amüsier dich jetzt allein, Kleines! Ich muß fort!

Wohin ist die Dienerin verschwunden?

ÏÏÏÏÏÏÏÏ...

AH!

Der Pflock pendelte, aber das Kind muß ihn bewegt haben... Wie hätte eine Frau, die verunglückt ist, die Tür wieder hinter sich schließen sollen?... Dieses Mädchen ist tot, weil sie mir helfen wollte! Du hattest recht, Anaïs, unser Leben ist in der Schwebe, und Böses schwebt über uns!

Es ist *in* uns...

Blanche kannte es nicht!

Wenn Ihr den weißen Mond liebt, dann lernt auch, die Sonne und die Nacht zu lieben!... Ohne sie gibt es keinen weißen Mond.

Und die Tataren-Horden, die Kaffa umzingelten, ließen über die Stadt die Körper ihrer Soldaten regnen, deren Zahl sich durch die Pest verringerte. Die Epidemie weitete sich aus, erreichte Konstantinopel, Venedig, Genua und schließlich unsere Gegend. In weniger als zwei Jahren starb mindestens ein Drittel der Menschheit am **Schwarzen Tod**!... Gutsherren wie Bauern!

Und hört das Klagelied, das die Burgunder sangen...

"In dreizehnhundertvierzigundacht, da blieben in **Nuits** von hundert acht, In dreizehnhundertvierzigundneun, da blieben in **Beaune** von hundert neun."

Herr, erlöse dein Volk von allen Schrecken und laß ab von deinem großen Zorn!

Die Geißelbrüder sagen, alle Juden müssen verbrannt werden, damit das Große Sterben aufhört.

Die Pest verschont auch die Juden nicht...

Und **Clemens VI.** schickte die Geißelbrüder zum Scheiterhaufen!

Die Pest hat meine Stadt verschont!...

Wir leben hier außerhalb der Zeit...

Vom Heiligabend bis zu Epiphanias leben alle außerhalb der Zeit...	Elf Tage und zwölf Nächte, in denen alle Begegnungen möglich sind!	Die Lebenden und die Toten? Die Sonne und der Mond!	Gold und Silber...? Auch!...Unter einem bleiernen Himmel! Ach was...Der alte Saturn ist tot. Sein Stern leuchtet noch immer...

...Und wenn es keine Saturnalien mehr gibt, bleibt uns das Fest der Narren.

Zur Wintersonnenwende, wo die Heiden die Wiedergeburt der Sonne feierten, hat die Kirche den Heiligabend angeordnet. An Daten, wo die ersten Christen Christi Geburt gefeiert haben, ehrt sie die Heiligen Drei Könige.

Wie die zwölf Schläge um Mitternacht, so zergliedern die zwölf Tage die Weihnacht!... Zwischen diesen beiden Geburten möchte ich Euch als Gast hierbehalten für das Fest der Könige wünsche ich Euch als König meines Festes!

"Fabae Domine, für wen?..." Der Wille des Herrn entscheidet...

"Phoebe Domine..." Für Euch! Ihr werdet der Sonnenkönig sein!

Sonnenkönig, Königssonne... Balthasar trägt Gold. Der schwarze König für die brünette **Neyrelle**!

Wenn ich nur nicht wie **Herodes** bin! Oder wie einer seiner Soldaten, rot von dem Blut Unschuldiger!

Und was sagt Ihr, wenn eine Kerze die Sonne entstellt?

Neyrelle wird die gleichen Augen für dich haben wie Blanche.

— Die Ochsen sind aus der Umgebung der Stadt verschwunden. Im Schnee fand man nichts als die Abdrücke ihrer Hufe...

— Gewiß! Die Diebe können fliegen!

— Gott gab den Engländern Fuchsschwänze und den Leuten des Königs von Frankreich Bocksfüße!

— Um unsere Ärsche herum wünschte ich, Er hätte ihnen die Kraft des Hammels verliehen! Dann würden sie uns weniger verdrießlich stimmen.

— Weder Engländer noch Franzosen! Es ist die schlechte Gefolgschaft des bösen Judenkönigs, die von Heiligabend bis zum Dreikönigstag über den Himmel zieht und die kleinen Kinder tötet, die bis dahin noch nicht ihren Teil vom Kuchen gehabt haben.

— Heilige Jungfrau Maria, behüte die Unschuldigen vor Massakern und erlöse uns von dem Krieg.

— Ich kenne deine Suche und deine Qual... Blanche hatte nur Augen für dich, und du hattest keinen anderen Gott als sie! Aber du weißt nichts von unserer Geschichte...

— Unsere Mutter brachte als Mitgift für Malaterre drei heilige Quellen im Herzen dreier Wälder mit. Und da sie drei Töchter hatte, bekam jede von uns eine Quelle und einen Wald.

— "Drei Kräfte auf der Welt. Drei Geburten, drei Tode, für den Menschen wie für die Eiche. Drei Königreiche von Merlin, voller goldener Früchte, strahlender Blumen und lachender Kinder..."

— "Lachende Kinder" waren nicht dabei!... Aber... woher kennst du das Lied?

— Yuna sang es immer... Dann machte sie sich auf meiner hübschen Stute davon! *)

— Im Herzogtum des Westens sagt man Yuna für Claire – wie man übrigens auch Blanche sagt. Die Farbe verfolgt dich, aber die Frau verliert dich!

— Die Pilger strömten zu den heiligen Quellen und bereicherten unsere habgierigen Gatten... Aber es gab keine "lachenden Kinder"! Unsere alten Ehemänner hatten keine Familie, und so wurde die Erbschaft von Schwester zu Schwester weitergegeben.

— Demnach wurden die Ländereien von Blanche und Cotoi unter Euch und Carmine aufgeteilt?

— Da, wo du Carmine sagst, sage ich Torneirie!

*) Siehe: Die drei Augen der blaugrünen Stadt

Panel 1	Panel 2

Panel 1: Torneirie! Der meine Schwester quält, auf daß sie nur noch diesen wehklagenden Gesang anstimmen kann, den man bei Nacht vernimmt, wie das Geheul der Wölfe!

Panel 2: Torneirie! Der mich tot sehen möchte, um die drei Quellen zu besitzen! Zum drittenmal zusammengeführt, verleihen sie, so sagt man, die Macht der **Drei Kräfte**...!
— Der **Drei Kräfte**?!!*⁾

Panel 3: Eine überlieferte Legende, die unser tapferer Pate uns Kindern erzählte. Er trug einen ähnlichen Schild, wie du einen trägst...

Panel 4: Als Waffenbruder meines Großvaters widmete er uns so innige Liebe, daß er sein Wappen aufgab. Er tauschte es - obwohl seit Saint Louis hochgerühmt - gegen unsere Farben ein. Dreigeteilt in Schwarz, Rot, Weiß.

Panel 5: ...Für die Älteste, meine brünette **Neyrelle**, die die Stille eines Grabes und die Unruhe der Sommernächte hat: Du bildest den Kopfteil des Wappens.

Panel 6: Ihr sprecht von gleichen Schilden? Meiner ist zweigeteilt in Rot und Weiß, aber Schwarz war nie dabei!

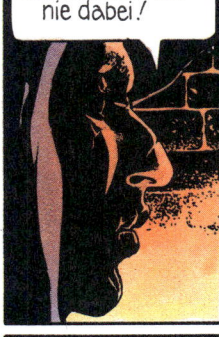

Panel 7: Und eben deshalb fehle ich dir!

Panel 8: Dieser Kübel ist es, **Mariotte**!... Dieser armselige Holzkübel, den du am Brunnen gesehen hast!... Gedemütigt wegen der Schlichtheit des Geschenks, hegte die Herrin **Neyrelle** Zorn gegen ihren Paten. Sie sagte Worte, die man niemals sagen darf, so weit sich der Herr auch von **Schloß Montroy** entfernt.

Panel 9: ...Man weiß, daß er das Schwarz von seinem Schild entfernte und daß dieser Zwischenfall die Schwestern trennte. Ich, die euch davon erzählte, habe ihn niemals wiedergesehen.

Panel 10: Man sagt, er sei tot. Doch man behauptet, daß er nachts, wie ein Gespenst, keine Ruhe findet, bis die drei Sirenen wieder vereint sind. Andere berichten, der Kübel sei magisch, doch **Neyrelle** habe das nicht begriffen!... Dennoch hält man sie für feenhaft...

Panel 11: Hirngespinste! Weder Sirenen noch Feen! Es gibt seit der Ankunft **Jesu** keine Feen mehr!

Panel 12: Und wenn es anders sein sollte, wäre es höchste Zeit, daß ein jeder in sich ginge!

*) Siehe: „Im Zauber des Nebelwaldes"

| Die böse Kraft, die du verfolgst, trägt einzig den Namen **Torneirie**! Bekämpfen wir ihn gemeinsam, sonst wird er uns töten, wie er **Blanche** getötet hat! | Deine Schwester starb durch **mein** Zutun! **Meine** Männer haben **Blanche** getötet! | Deine Männer? Sprechen wir über **deine Männer**! Ist das nicht auch einer **deiner Männer**?! | Er war mein letzter Hauptmann... | Aber zuletzt war er **meiner**! | Als ich begriff, daß er mir im Auftrag des alten **Noal** nachspionierte, habe ich ihn zum Henker geschickt... Dort hat er mir gestanden, daß er das Massaker von **Blanche** vorbereitet hat - auf Befehl von **Torneirie** - während man dich weit außerhalb der Stadt wähnte... |

Es gibt nur Spione um mich herum! Ich hege sogar Zweifel am treuen Boten... Hatte er nicht versucht, dich gegen mich aufzuwiegeln, indem er deine Dienerin zu Unrecht beschuldigte?. Ich zweifle an weiteren Ergebenen: Mein guter **Pablo** aus **Toledo**...

Puta! Puta! ...dreckige kleine Nutte!...

Diesmal werde ich dich **töten**!!!

Dein Schwert, Anicet! Mädchen, die man liebkost, muß man beistehen. Das war zu allen Zeiten Sitte und Brauch! Los, schütze sie!
Aber... ich... ääh... Es ist nicht Brauch, einen Vater zu stören, der seine Tochter züchtigt...
Gut so, Anicet! Das ist es! Hobel ihm den Hoden ab!
Hierher, Mädchen! Man murkst uns die Männer ab!
Nur zu! Auf ihn!
Auf diesen Spanier!
Das hat ihn ermüdet. Ziehen wir ihm jetzt etwas Warmes über!
Was ist hier los? ...Wieder irgendwelche Flegeleien?
Wir scherzen nur, indem wir den "guten Pablo" erschrecken!... Es ist doch das Fest der Narren, Herrin!
Bevor er gefallen wäre, hätten wir ihn bei den Eiern festgehalten!
Komische Vorstellung, wenn man weiß, daß Pablo kastriert ist!
Woher weißt du das? Warum hast du diesen Streit vom Zaun gebrochen?
Ich ahnte, daß Pablo den hier besitzt! Und ich mußte ihn haben!
Der Schlüssel zum alten Bergfried, wo Carmine untergebracht ist, die, wie wir, Verbündete braucht. Sag's keinem, auch nicht deinem Herrn!

Gefällt sie dir...? Großartig...!

...Pablo nahm die Lehre des heiligen Jean Bouche d'or wörtlich. Er ließ sich ein Kreuz für "Christos" und ein "Z" für "Zoe" auf seine Stirn drucken.

Etwas wie: "Christus ist das Leben"?... Doch kann ich mir schwer vorstellen, daß Pablo alles von Chrysostomus gelesen hat!

Die Mauren - die große Kastrierer sind - verzichten auf jede Skepsis! Mein armer Kastilier mußte sein Glaubensbekenntnis mit dem Verlust seiner Männlichkeit bezahlen.

Man sagt, die Heilige Inquisition von Kastilien markiere die Stirn der Bigamisten mit einem Kreuz ...Und einer "Z"!

Wie die zwei Gesichter des Janus, so gibt es für alles zwei Versionen! Die, die für den einen weiß ist, kann für den anderen schwarz sein.

Wie die zwei Gesichter des Janus, so ist die eine Seite der Vergangenheit zugekehrt. Für diese wird Neyrelle immer die Schwarze sein!

Wie die zwei Gesichter des Janus, so ist die andere der Zukunft zugekehrt. Für jene könnte Neyrelle auch Blanche sein!

Und auch ich weiß nicht mehr die Farbe von Neyrelle.

Eifersüchtig...?

Folge nicht den beiden dort! Die Vergangenheit holt sie ein...
Ich möchte Aymon wiedersehen.
Heute abend versuchen wir, Carmine zu finden.
... Und dieser Schafskopf glaubte, daß Pablo mein Vater sei! ...
Mein Vater! Weiter nichts! Hast du gehört, Pablo?!
Schändliche Weibsbilder!!! Ich brachte euch die Scham bei, indem ich euch Blut pissen ließ!
Komm! Schlag mich doch, wenn du ein Mann bist!
Nun, ihr Verliebten?!... Stehen euch zum Vögeln noch irgendwelche Hindernisse im Weg?
Du hattest recht, er ist da!
Dessen war ich sicher! Neyrelle hätte unsere drei Unruhestifter niemals begnadigt, wenn sie Pablo nicht dringend bräuchte, damit er ihre Schwester Carmine bewacht.

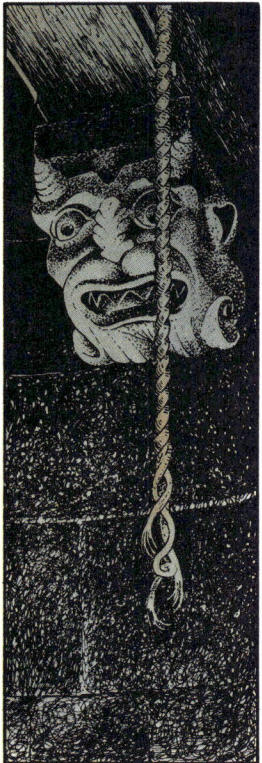

- Ich locke ihn zum Großen Turm, während du zu **Carmine** gehst!
- Allein?... Ich...
- Nun gut, aber nimm dich vor dem Kastilier in acht! Man erzählt überall, daß er keine anderen Freuden kennt als die Qualen, die er Frauen bereitet!
- Halber Mond, Wort, so rein! Laß mich heut im Traume sehn, wer wird mein Geliebter sein.
- Hija de puta! Was treibst du hier draußen?

Herein!

Wo bist du...? Hier... Da! DING! DING DING DING

?

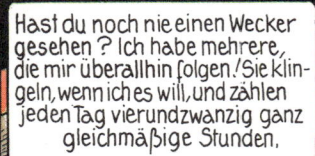

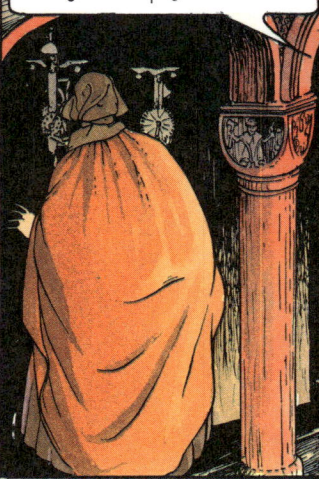

Hast du noch nie einen Wecker gesehen? Ich habe mehrere, die mir überallhin folgen! Sie klingeln, wenn ich es will, und zählen jeden Tag vierundzwanzig ganz gleichmäßige Stunden.

Ganz gleichmäßig?! Das ist verrückt!... Mit den Jahreszeiten verschiebt sich ja die Dauer der Stunden!

Es gibt höchstens noch Mönche, Bauern... und Dienerinnen, die nach der kanonischen Zeit leben! Bald wird die ganze Welt die Zeit einteilen, wie es die Astronomen und die Kaufleute bereits tun.

San Gottardo von **Mailand** besitzt eine Uhr mit Zifferblatt, die so alt sein dürfte wie du. In **Padua** gibt es eine, die außer den Stunden auch den Weg der Sonne quer durch die Tierkreiszeichen anzeigt, die Daten, die Monatsnamen und die Phasen des Mondes.

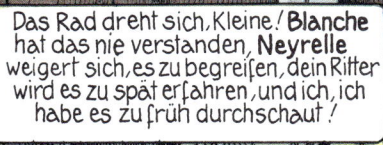

| Sind denn die Gestirne so wichtig wie die Zeit? | In den Sternen liegt die Zukunft des Menschen...! | ...Aber mein Geschwätz wird dich langweilen... Mädchen deines Standes haben nur Vergnügen an ihrem Leib. |

| In meinem Leib liegt auch die Zukunft des Menschen...! | Ich habe keine Zukunft! Die Vergangenheit verfolgt mich... ich bin unfruchtbar! | Zeigt Euch... | Meine Verwandten halten sich für Feentöchter und berufen sich auf ersponnene Heldentaten der Vorfahren. | Zeigt Euch! | Doch das Rad dreht sich! Gegen die schwarze Pest ist die Magie machtlos. Und die Pfeile der Armbrust durchbohren die besten Rüstungen! |

| Das Rad dreht sich, Kleine! Blanche hat das nie verstanden, Neyrelle weigert sich, es zu begreifen, dein Ritter wird es zu spät erfahren, und ich, ich habe es zu früh durchschaut! | | Wo seid Ihr? Zeigt Euch! | Zeig dich doch!... DU! |

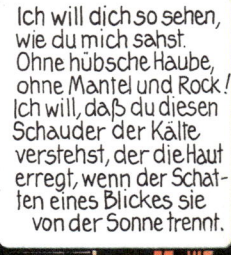

— Ich will dich so sehen, wie du mich sahst. Ohne hübsche Haube, ohne Mantel und Rock! Ich will, daß du diesen Schauder der Kälte verstehst, der die Haut erregt, wenn der Schatten eines Blickes sie von der Sonne trennt.

— Ich... ich wollte Euch nicht beleidigen.

— Ich glaube nicht, dich mit ein wenig Demütigung zu beleidigen. Erlaube mir, daß ich mich einfach wieder deiner Seele zuwende, der Woge von Verwirrung, mit der du mein Bad gestört hattest!

— Kaum fort vom Weiher, habe ich dich die ganze Zeit, die ich dich nicht zu Gesicht bekam, geahnt.

— Ich hasse diese Gabe der Vorahnung, die mich mit früheren Welten verbindet! Ich hasse ebenso diese Schlösser ohne Licht, wo nur die Vergangenheit gegenwärtig ist.

— Füge dich jetzt! Entkleide dich nah am Feuer und hör auf, mich zu fürchten! ... Glaube mir, ich wünsche lediglich, dich zu porträtieren!

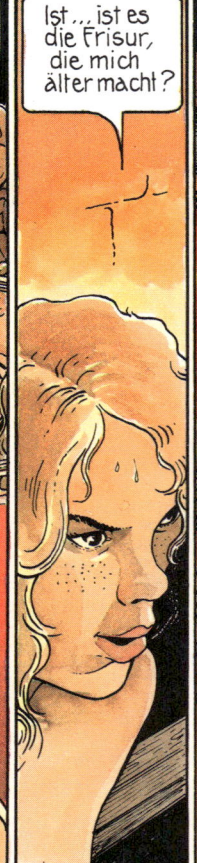

— Aber du zitterst!... Vor Aufregung oder vor Kälte..?

— Weder Kälte noch Scham! Aber du machst dich über mich lustig!

— Nun, so zeige ich mich! ... Denn ich glaube, daß nur dieser Spiegel ...

— ...uns beide nicht verwechseln wird!

— Ist ... ist es die Frisur, die mich älter macht?

— Man erzählt von Dienerinnen mit Prinzessinnen-Allüren, die gestorben sind, weil sie sich mit Königinnen verglichen hatten!

Wie die zwei Gesichter des **Janus**, so ist deines in der Gegenwart und meines in der Vergangenheit.

Uns trennen höchstens zwölf bis dreizehn Jahre, aber ich bin eine Erbin von Traditionen, die seit uralten Zeiten bestehen.

Meine Großmutter wußte von solchen Dingen, doch sie jagte mich fort, noch ehe sie sie mir beibringen konnte...

Getäuscht durch unsere Ähnlichkeit, meinte dein Herr, in dir ein Zeichen des Schicksals zu erkennen... Aber ich glaube, eigentlich sucht er **mich**!

Und gefunden hat er **Neyrelle**!

Blanche, Neyrelle oder auch **Carmine**... Nichts weiter als Namen! Welche auch seine Geliebten seien, er plagt sich mit einer Suche, die aus einer anderen Epoche entsprungen ist.

Ganz alte Erzählungen ergehen sich manchmal zur Genüge darin... Wehe dem, der sich davon ergreifen läßt, wenn sich die letzte Seite schreibt!

Sprecht für Euch! Ich habe keinen Platz in Euren Legenden. Die Mönchlein und die Dienerinnen sind an Königshöfen nicht besungen worden! Noch vor dem schönen Mai werde ich Aymon, sofern er mir dann noch gefällt, zum Geliebten nehmen!

Ich kenne einen geheimen Tunnel, wo ich ihn treffen und mit ihm fortgehen kann! Die Komödianten sind auch dabei!

Tauschen wir unseren Schmuck und unsere Rollen! Du wirst als Prinzessin leben. Und mit deinem **Aymon** werde ich die schönsten Städte aufsuchen, um den Lehrmeistern der großen Universitäten zu begegnen!

Ihr als ich?! Darauf fällt niemand herein! Ihr könntet **Aymon** niemals täuschen!

Habe ich es wohl nötig, ihn zu täuschen, damit er dich betrügt?

Aber... Du bist ja verrückt! **Tu das nicht!** **HÖR AUF!**

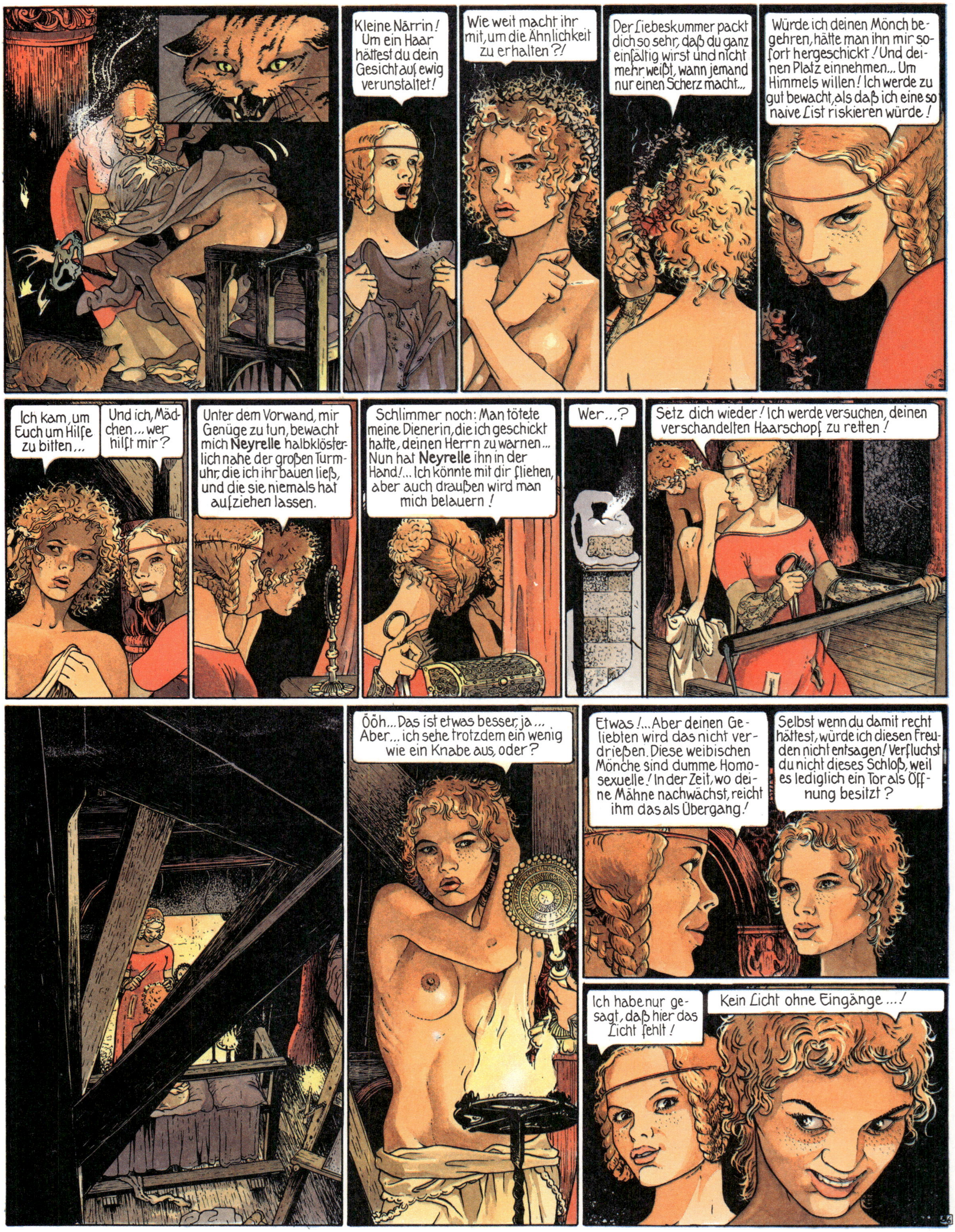

Kleine Närrin! Um ein Haar hättest du dein Gesicht auf ewig verunstaltet!
Wie weit macht ihr mit, um die Ähnlichkeit zu erhalten?!
Der Liebeskummer packt dich so sehr, daß du ganz einfältig wirst und nicht mehr weißt, wann jemand nur einen Scherz macht...
Würde ich deinen Mönch begehren, hätte man ihn mir sofort hergeschickt! Und deinen Platz einnehmen... Um Himmels willen! Ich werde zu gut bewacht, als daß ich eine so naive List riskieren würde!
Ich kam, um Euch um Hilfe zu bitten...
Und ich, Mädchen... wer hilft mir?
Unter dem Vorwand, mir Genüge zu tun, bewacht mich Neyrelle halbklösterlich nahe der großen Turmuhr, die ich ihr bauen ließ, und die sie niemals hat aufziehen lassen.
Schlimmer noch: Man tötete meine Dienerin, die ich geschickt hatte, deinen Herrn zu warnen... Nun hat Neyrelle ihn in der Hand!... Ich könnte mit dir fliehen, aber auch draußen wird man mich belauern!
Wer...?
Setz dich wieder! Ich werde versuchen, deinen verschandelten Haarschopf zu retten!
Ööh... Das ist etwas besser, ja... Aber... ich sehe trotzdem ein wenig wie ein Knabe aus, oder?
Etwas!... Aber deinen Geliebten wird das nicht verdrießen. Diese weibischen Mönche sind dumme Homosexuelle! In der Zeit, wo deine Mähne nachwächst, reicht ihm das als Übergang!
Selbst wenn du damit recht hättest, würde ich diesen Freuden nicht entsagen! Verfluchst du nicht dieses Schloß, weil es lediglich ein Tor als Öffnung besitzt?
Ich habe nur gesagt, daß hier das Licht fehlt!
Kein Licht ohne Eingänge...!

| Du verwechselst Licht mit Feuer. Aber lassen wir die Eingänge und reden wir von den Ausgängen! Was weißt du von dem Tunnel? | Das hier! Aber... ich kann nicht lesen. | "Oben an diesem Brunnen eine Sirene, die die Eingangstüre hält. Auf dem Grund dieses Brunnens ein Basilisk, der den Tod bringen kann..." | Im Brunnen des oberen Hofes gibt es eine solche Skulptur auf einem Kapitell! | Wer sagt, daß du dich anziehen sollst? |

"...Auf dem Pfuhl der Reisen schläft eingesperrt die große Mondschlange. Beiß zu, schöne Schlange, und töte die drei beflügelten Wächter in den Höhlen verborgener Steine. Beiß zu und töte, schöne Schlange, aber beachte die Reihenfolge dieses Geheimnisses:..."

Das verstehe ich nicht mehr!

...Das Nächste wirst du noch weniger verstehen...

"Hones els teris. Tines vac telis. Imfu lentis." — Ah! Ist das Latein? **Aymon**, der Dummkopf, hat versäumt, es zu übersetzen!

Latein, Hebräisch oder Griechisch... Wenn ich mit euch fortgehe, haben wir nur zehn Tage, um das Rätsel zu lösen!... Man darf uns nicht zusammen sehen, aber wir verständigen uns mit Zeichen. Folge mir! Ich erkläre dir die Orte und zeige dir, wie wir uns treffen können, ohne **Pablo** zu begegnen... Komm!

Aber ich langweile dich nur! Belustigt es dich vielleicht, zu wissen, mit welch unglaublich durchtriebener Rohheit dieser scheußliche Sultan die 2000 Frauen seines Harems eine nach der anderen zugrunderichten ließ?

Von hier aus überschaue ich den ganzen oberen Hof bis zum Brunnen! Ich habe Blick auf den Großen Turm, auf die Ostfenster vom Schlafgemach des Ritters und darunter die von **Neyrelle**. Und nun die andere Seite!

— Hier sind wir über dem Vorwerk. Weiter unten rauscht mit großen Wassermassen der **Aiguevive** ins Tal. Am Tage sieht man die kleine Brücke und die Quelle **Sainte-Véronique**.

— Man sieht das Kloster gut! ... Vielleicht ist **Aymon** dort noch wach... Ich...

— ...Ich mag es nicht, daß sich deine Hand verirrt, wenn du von ihm sprichst...

— Als Pfand der Freundschaft verlange ich nichts als unbedingten Gehorsam von dir.

Schloß Montroy 2....

Credo in unum Deum, Pater omnipotentem, factorem cœli et terrae, visibilium omnium et invisibilium...

TSCHACKTSCHACK... TSCHACKTSCHACK...

TSCHACKTSCHACK...

Nun...?

Schlange und Höhlungen scheinen einander zu bedingen. Ich wage aber nicht einzutreten, solange wir nicht die Reihenfolge der Verriegelung kennen, die das lateinische Rätsel wohl enthält.

Und morgen ist Epiphanias!... Das wird uns niemals rechtzeitig gelingen!

Wir haben schon über eine Woche gebraucht, um zu erraten, daß dieser verflixte "Pfuhl der Reisen" nichts anderes ist als der Brunnenkübel! Und obendrein kannten wir die Bedeutung, die der Pate des **Malaterre** Trios diesem blöden Behälter beimaß!

Die "große Mondschlange" in seinen Knauf geschmiedet, war von Rost und Verschleiß fast unkenntlich!

Angnus Dei, qui tollis pecata mundi: Miserere nobis. Agnus Dei, qui tollis pec... ...nobis. Ag... ...mundi: Do... ...pacem.

Beeilt euch!... Sie sind gerade beim Abendmahl!

104

"Geht ihr nie zur Messe?..."

"Ich auch nicht, denkt mal an!... Ich hüte die Kinder und schüre das Feuer... Ganz bequem, sofern die Wachen nicht meine Röcke durchwühlen."

"Jedenfalls erhört niemand meine Gebete! Wenn Gott existiert... muß er der Teufel sein!"

"Keine Gotteslästerung, mein Schätzchen! Man hat schon welche gebraten, die weitaus weniger sagten!"

"Das Schätzchen ist eben dumm! Wenn ich fliegen könnte, würde ich nicht zu den Füßen der Männer nisten..."

"... sondern würde auf sie scheißen, wie die Diebische!"

"Wie die Diebi... Beim Arsche Gottes!!! Die Elster!... Es ist kein Latein!. Hört euch das an, Leute!"

"Ich ginge nicht allein zum Scheiterhaufen!"

""Hones els teris" Hohes Nest Elster ist!" Ich habe die drei "beflügelten Wächter in den Höhlungen der Steine" gefunden!"

""Hohes Nest Elster ist. Tiefes Nest Wachtel ist. Im Pfuhl Ente ist" Man muß also das Gestein von oben nach unten erforschen."

"Aber... was tut ihr da? Warum seid ihr nicht in der Messe?!"

- So ein Pech!... Ein paar Minuten hätten genügt, um uns zu versichern, daß der Mechanismus noch funktioniert!
- Ancelinote hat uns gerettet, indem sie behauptete, der Eimer sei ihr auf den Brunnenboden gefallen... Luce sollte ihn bergen helfen.
- Ist das ein Grund, uns mit dieser kleinen Schlampe zu belasten?
- Solange sie uns beobachtete, hätte sie uns schon hundertmal verraten können! Statt dessen steckte die sogenannte Schmutzliesel hundert Peitschenhiebe dafür ein, daß sie uns aus der Verlegenheit half.

- Hm!... Was den Ritter angeht, ich habe ihn in neun Tagen nur zweimal gesehen. Er ist höflich und liebevoll, aber er schenkt mir kaum Gehör. Und er traut mir nicht, wenn ich ihm von der Komplizenschaft von Noal und Neyrelle erzähle...
- Er hält Torneirie allein für die Peinigung von Blanche verantwortlich. Er sagte mir, daß meine Schwester und er sich bemühen, mich aus dem Joch meines Gatten zu befreien. Und daß sie ihn nur eingeladen haben, um Rache zu üben.
- Und wenn das stimmt? Denn schließlich... Torneirie hat an den vier Ecken der Burg verkündet, daß er lieber im Feuer verglüht und die Stadt mit allen ihren Bewohnern verkohlen läßt, als ohne Euch zurückzukehren.
- Eine Truppe eilt seiner Ankunft voraus. Engländer und Gascogner lagern seit heute mittag vor unseren Mauern... Nun, man kennt die Treue von Montroy zum König von Frankreich. Ein so feindseliger Aufmarsch ließe sich unter nachsichtigen Verwandten kaum erklären!
- Neyrelle und mein Ehemann versuchen eine Irreführung! Keine Belagerung dauert bis in den tiefsten Winter hinein, und das Schloß Montroy, sagt man, sei uneinnehmbar!

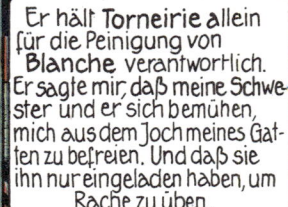

- Der Frost fällt ein. Noal bricht nicht vor der Morgendämmerung auf und zeigt sich erst um die fünfzehnte Stunde auf der Brücke. Ich übersetze für euch: Die None, das ist die große Messe auf dem Dreikönigsfest. Nur dann werden wir den oberen Hof leer vorfinden. Morgen früh müssen wir also fliehen!
- Diese Schwestern sind gefährlich! Wir hätten allein ausreißen sollen!
- Nachdem ich sie von nahem gesehen habe, verstehe ich Mariotte besser, die lieber ihre Mähne geopfert hat, statt womöglich der Ähnlichkeit mit dieser beunruhigenden Frau zum Opfer zu fallen!
- Und wenn man Carmine sieht, drängt sich der Gedanke an Feuer auf!

Thibaut...!
Mein Herr!
Ich sah einen Reiter am Rande des Forstes...
Das war nur ein Bär, Herr. Er folgt uns seit Torneirie!
Wünscht Ihr, daß man ihn jagt?
Ich fürchte, dazu ist es zu spät!

Ecce advenit Dominator Dominus: et regnum in manu eius et potestas et imperium...

Die bevorstehende Ankunft ihres Gatten zermürbt sie. Daher hütet sie ihr Zimmer. Wir werden das Vertrauen unserer Carmine erst wiedergewinnen, wenn sie von ihrem Herrn und Meister befreit ist.

Torneirie! Der schwarze Turm!... Gewiß ist er es, den du suchst! Am Ende wirst du deinem Schwur treu bleiben können...! *)

Der Tod des alten Noal wird Carmine befreien, Blanche rächen und die Truppe von Soldaten, die meine Stadt bedrohen, ihres Führers entledigen! Im wiedererlangten Frieden werden wir dann über die Besiegelung unserer Gemeinschaft nachsinnen...

Auch Torneirie versuchte ein Bündnis. Auf das Leben von Carmine würde er wenig Wert legen, wenn er sich mit mir verbinden und die drei Ländereien besitzen könnte...

Er besteht darauf, mir nach dem heutigen Ball irgendeinen üblen Vertrag vorzulegen. Zu diesem Zweck soll ich ihn allein in meinem Gemach im Großen Turm treffen. Ich hätte gern, daß du dort auf mich wartest.

Der Gedanke an Mord mißfällt mir!

Prüft der Adler, ob er die Schlange töten soll?!

Suche zur Schlafenszeit nicht dein Zimmer auf, sondern gedulde dich da oben. Ich halte dich für einen Ritter, der sein blankes Schwert in den Dienst seiner Herrin stellt.

Weißt du wirklich, was ich in meinem tiefsten Innern will?...

Ich will wirklich, daß du von meinem tiefsten Inneren weißt!

*) Siehe: „Im Zauber des Nebelwaldes"

POWWW...

TORNEIRIE!!! Da er nachts gereist ist, muß er meine Flucht geahnt haben! Geht ohne mich fort! Nutzt das Durcheinander aus!... Die Zugbrücke ist unten, und ich bin es - ich allein - nach der **Noal** sucht.

Geht nur, ich werde bleiben!... Nur der Tunnel kann mich zu **Aymon** führen.

So ist's recht! Überlassen wir die beiden Füchsinnen sich selber, und machen wir uns auf ins freie Feld!

Da gibt's viele Soldaten, die uns Weibern folgen und unsere Arschbacken am hellichten Tage freilegen!... Aber **Luce** muß mit **Anicet** fortgehen. Es ist eine einzigartige Gelegenheit zu verschwinden, ohne **Martin** im Stich zu lassen!

Gut! Aber wenn ich durchkomme, werde ich beim Kloster anklopfen, um dem schönen **Aymon** meinen Unterschlupf zu verraten, damit ihr mich finden könnt.

Der Bär kommt nicht unbemerkt durch! Ich halte Abstand und tue so, als würde ich sie nicht kennen.

He! Du da!

Äh... I... ich?...

Ja, du! Bist du denn taub? Gehörst du zum Schloß?

So gut wie...

Dann richte **Carmine** aus, daß ihr Herr darauf wartet, daß man ihn empfange und willkommen heiße!

Aber...

Aber... Was?!... Du weist meine Befehle zurück?

Frei, Martin! Frei!...

Laß uns die Gastfreundschaft der Mönche erproben, bevor die Nacht über uns hereinbricht!

Und ...

Hübscher Schlag!... Hm! Angenommen, die Frauen treffen wieder mit uns zusammen - es wäre nützlich, daß sie es wissen: Sie könnten hier kein Asyl bekommen...

Und wohin könnten wir gehen? Mitten im Winter, in einer Gegend, die von Wölfen und von Soldaten heimgesucht wird?

Und noch etwas Schlimmeres: Der Tunnel ist überflutet, und um das ganze Wasser herauszuschöpfen, bräuchte es die Hand des Teufels!

Nicht mehr als vier Tropfen... Nach der Mahlzeit.

Sowie sie in Ohnmacht fällt, bietet ihr an, sie in ihre Gemächer zu bringen. Aber bettet sie unter größtem Stillschweigen, wie ich euch gesagt habe. Sie wird vor dem Zorne von Torneirie geschützt sein, wenn alles nach unserem Plan läuft!

Der Ritter muß mir behilflich sein!... Falls er unglückseligerweise ihr Zimmer aufsucht und mich allein im Großen Turm zurückläßt, muß ich ohne Verzögerung verständigt werden!

Sind Sie endlich fertig! Ihnen fehlt wahrhaftig nur noch ein Lächeln...

Aber nein! Seht an!...Ohne den guten **Torneirie**, der mich von der Flucht abgehalten hat, hätte ich doch wahrhaftig dieses Fest versäumt, und auch den vollgestopften Magen, für den diese Leute hier sorgen werden.

Und diesen lächerlichen Aufzug von unserem Herrn, während ihr Undankbaren ihn verlassen werdet.

Übrigens... Wäre es nicht meine Pflicht als Knappe, ihn über eure unnützen Fluchtpläne zu informieren?

OH! Anicet! Wo steckst du?!

Ich komme, Herr!... Ich komme!

Dieser Schmuck, der seit über zwei Jahrhunderten die Häupter krönt, erscheint bei Ihnen als neueste Mode! Auf Ihrer Haut gibt es nichts als die Jugend!

Aber der alte Mann bleibt alt! Er kann nicht die Gefährtin wechseln, ohne zu fürchten, daß er an ihrer Stelle den **Tod** findet!

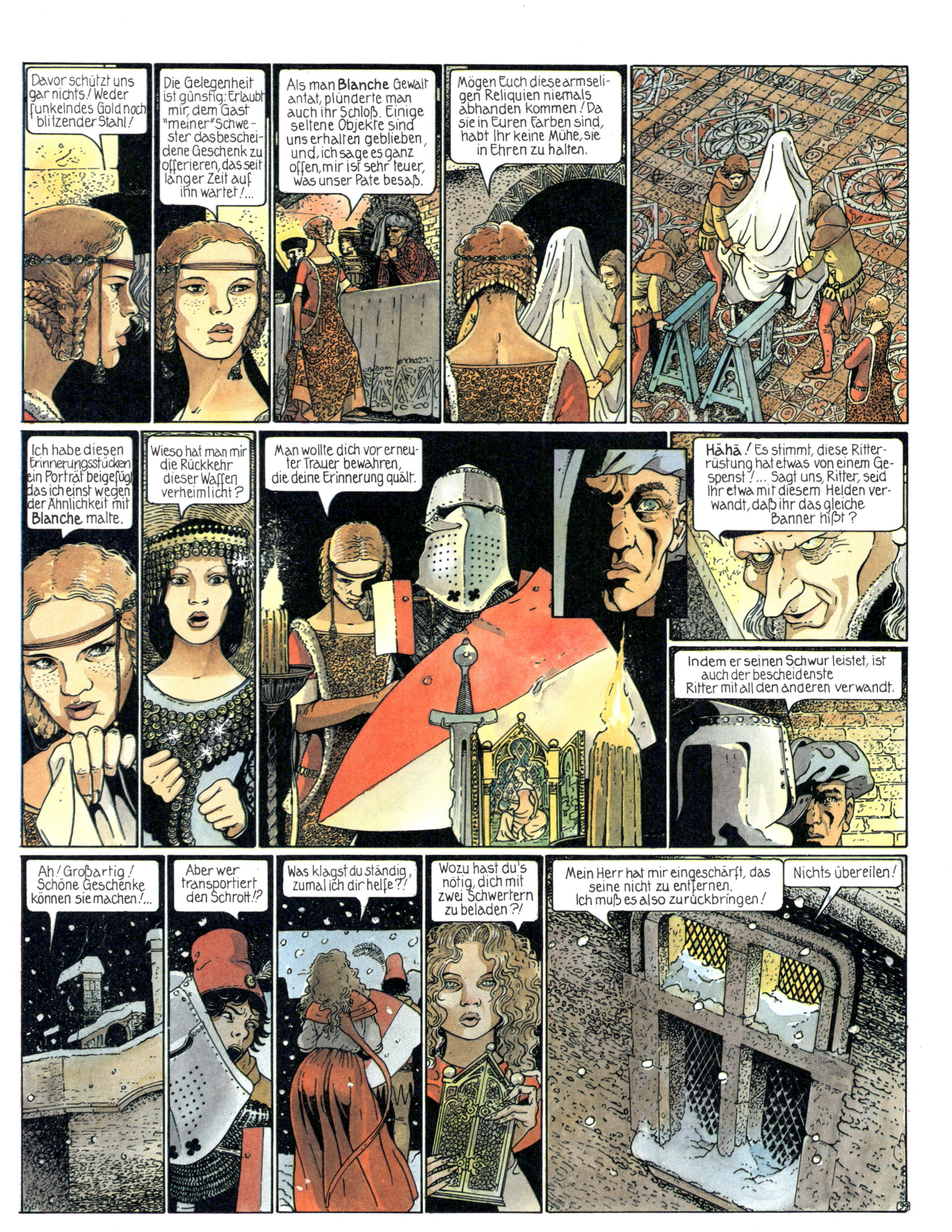

Davor schützt uns gar nichts! Weder funkelndes Gold noch blitzender Stahl!	Die Gelegenheit ist günstig: Erlaubt mir, dem Gast "meiner" Schwester das bescheidene Geschenk zu offerieren, das seit länger Zeit auf ihn wartet!...	Als man **Blanche** Gewalt antat, plünderte man auch ihr Schloß. Einige seltene Objekte sind uns erhalten geblieben, und, ich sage es ganz offen, mir ist sehr teuer, was unser Pate besaß.	Mögen Euch diese armseligen Reliquien niemals abhanden kommen! Da sie in Euren Farben sind, habt Ihr keine Mühe, sie in Ehren zu halten.	

Ich habe diesen Erinnerungsstücken ein Porträt beigefügt, das ich einst wegen der Ähnlichkeit mit **Blanche** malte.	Wieso hat man mir die Rückkehr dieser Waffen verheimlicht?	Man wollte dich vor erneuter Trauer bewahren, die deine Erinnerung quält.		Hähä! Es stimmt, diese Ritterrüstung hat etwas von einem Gespenst!... Sagt uns, Ritter, seid Ihr etwa mit diesem Helden verwandt, daß ihr das gleiche Banner hißt?
				Indem er seinen Schwur leistet, ist auch der bescheidenste Ritter mit all den anderen verwandt.

Ah! Großartig! Schöne Geschenke können sie machen!...	Aber wer transportiert den Schrott!?	Was klagst du ständig, zumal ich dir helfe?!	Wozu hast du's nötig, dich mit zwei Schwertern zu beladen?!	Mein Herr hat mir eingeschärft, das seine nicht zu entfernen. Ich muß es also zurückbringen! Nichts übereilen!

...Des Königs Schwerter, blank und neu, sind für die Armen von Montroy. Ihr, Dame des Hauses, ♪ ♪ von deren Schönheit man spricht, das Messer liegt schon auf dem Tisch, der Kuchen wartet, gut und frisch. Schneidet ihn also an, das größte Stück gebt uns sodann!

Der junge König wird geboren, hübsch ist er von Fuß bis Ohren. Wer kriegt die schwarze Pferdebohne? Die Nachtigall der Herrlichkeit. ♪ Singt! Tanzt! ♪♪ Bis zur schönen Jahreszeit der Liebe.

— Der Sohn Gottes....!
— Gottes....!

— Man lasse die Armen eintreten, wie auch alle unsere Leute!... Wir werden die Drei Könige feiern!

— Fabae Domine, für wen...?

— Zuerst für Gottes Sohn!... Als nächstes für die Herrin **Neyrelle**!

— Fabae Domine, für wen...?
— Für Bruder Jean!
— Fabae Domine, für wen...?
— Für Bruc

— OH!... Die Pferdebohne! Ich bin der König!

OH!
Die Pferdebohne!
Wähle deinen König, mein schönes Kind!
Falls du einen Rat benötigst ...
Hm! Hm!...
Es lebe der König!!!
AUF DEN KÖNIG!!!
KRAK

Der Atem des Todes...

Man schließe das Fenster und mache Licht!

Der König... Wo ist der König?

Eure Schwester, Herrin!

Meine Frau ist bekannt für derartige Launen. Sie gibt vor, ohnmächtig zu werden, sobald ein paar Leute um sie herum sind. Begleite sie, Thibaut.

Ihr seid hart, Herr! Dieser plötzliche Donner kam vollkommen unerwartet.

Nur keinen Streit, meine Herren! Meine Hofdamen werden Carmine ins Bett bringen, und Thibaut du Prat bleibt bei uns zum Tanz!

Wie sehe ich aus?

Wie ein Schmortopf!

Ein verbeulter Schmortopf, der mit einem Schwanz versehen ist!

Pst! Da kommt jemand!

Verstecken wir uns schnell im Schlafsaal!

Euren Arm, Ritter! Nach diesem Tanz habe ich ein wenig frische Luft nötig!	Torneirie ist nervös. Er besteht darauf, mich sofort zu sprechen.

Entsprich ruhig seinem Wunsch und widersetze dich erst in der Verhandlung!... Inzwischen hole ich mein Schwert und folge dir.

Würdest du mich doch nie verlassen...

Zweifelst du daran?

Gewiß, Blanche hat auch nicht daran gezweifelt...

Richtig, Herr! Anicet hatte Euer Schwert. Aber ich sah ihn nicht aus dem Zimmer zurückkommen.

So ein Schwachkopf!

Er verläßt den Bergfried!... Wir müssen sofort Neyrelle benachrichtigen!

Er läßt Euch im Stich, Herrin! Um ihn zu erkennen, haben wir gewacht und sahen ihn über die Treppe steigen, die die Loggia mit seinem Zimmer verbindet.
Wer mich verläßt, geht zugrunde!
Laßt Torneirie eintreten
ANICET! Du Schuft! Wo bist du?!
Was mag er denn damit angestellt ha...?
Ah! Da ist es!
?!
Carmine!!!
Was tut Ihr hier? ... Wacht doch auf, Herrin!
Euer Schwert, Ritter!...

Neyrelle hat mich herbemüht, ohne Rücksicht auf mein Alter... Aber ich muß sagen, sie hat mich nicht getäuscht!

Mein armer Ritter... Die Gabe meiner Schwester ist ihm so zu Herzen gegangen, daß er sich sofort dafür revanchieren muß.

Die tierischen Düfte, die das Zimmer erfüllen, bestätigen unserer Nase, was unsere Augen erblicken mußten!

Dein Herr ist in die Falle getappt! Du mußt schnell irgend etwas unternehmen!
Du hast recht!

KLICK KLACK

Na bitte!... Es muß nicht sein, daß man ihn womöglich bis hierher verfolgt!

Indem sie unter meinem Dach Ehebruch begingen, haben die zwei meine Gastfreundschaft mißbraucht!

Man führe sie fort!

Verdammte Eule! Seit zwei Jahren ärgert sie mich!

Eulen, Ratten, Nachtgetier! Das sind alles Schädlinge, streitsüchtig wie der Teufel!

Ich hätte sie gerne, die weiße Dame!...

119

Wir...

Leute der Kirche...

Vereinigt in diesen Mauern, auf gemeinsamen Antrag der Herrschaft dieses Ortes, um Gericht zu halten...

verkünden das Urteil...

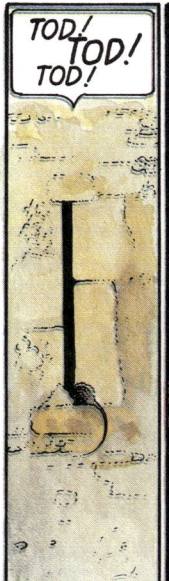

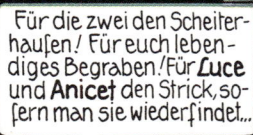

TOD! TOD! TOD!

Für die zwei den Scheiterhaufen! Für euch lebendiges Begraben! Für Luce und Anicet den Strick, sofern man sie wiederfindet...

Man hat sie des Ehebruchs bezichtet, sodann auch noch des Blutbades an Blanche beschuldigt und euch alle der Hexerei verdächtigt!

Man ruft den Inquisitor nicht umsonst!

Carmine liebt die Sterne allzusehr. Den Ritter hat man in Begleitung eines Werwolfs gesehen. Mariotte trug einen Krötenstein um den Hals. Und Anaïs liest aus der Hand...

Die Verbrennung findet zu Saint Veronique statt, am zweiten im Monat Februar, dem Tag der Reinigung. Ich soll euch zu den Schutzwällen des Schlosses begleiten, damit ihr der Hinrichtung eurer Herren beiwohnt, bevor ich euch vergrabe.

Mein armer Pablo! Sie hätten dir wenigstens die Freude lassen können, uns lebendig die Haut abzuziehen oder uns in einem Ölbad zu backen!

Das hätte ich sehr gern getan! ...Ah, du! Du weißt, was Spaß macht!

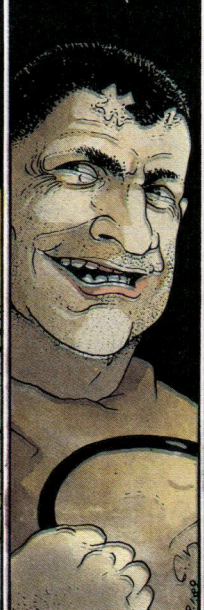

Die Menschen sind zu Hauf geladen, und alle jene, die götzenähnliche Objekte bei sich bewahren, sind aufgefordert, sie dem Feuer zu übergeben./...Die Mönche gehen mit gutem Beispiel voran, indem sie symbolisch ein altes Werk zerstören, das Merlin geweiht ist.

Das Manuskript von Aymon...!

Ich fürchte doch, zuviel gesagt zu haben, während Neyrelle meinen Schlaf bewachte. Indem sie nun das Buch verbot, wollte sie wohl einige geheime Zauber für sich behalten!

Hör auf zu flennen! Indem ich dich hier verstecke, erspare ich dir den Strick! Trotzdem mußt du dir überlegen, wie du fliehen kannst.

Mariotte weiß, wie! Ancelinote ist an diesem Streich beteiligt!

Soso!

Ihr seid recht naiv, wenn Ihr glaubt, daß Neyrelle ein Herz zum Lieben hat! Das hat sie ausgenutzt, wie sie es auch mit Torneirie machen wird, wenn dieser sie nicht zuvor verschlingt.

Der eisige Samen des hübschen Gatten, den ich Ihr gern überlasse, bringt den Leib so zum Erstarren, daß mir die Wirkung der Flammen geradezu schmeichelt! Am Tage ihrer zweiten Hochzeit wird die Böse bereuen, in zu großer Hast die Eheringe getauscht zu haben.

Die Logik der Falle ist unerbittlicher als die des Jägers! Wer sich aufmacht, den Dieb zu jagen, tötet dabei manchmal sein eigenes Kind.

Neyrelle hätte Euch verschonen können. Ihr habt nicht einmal versucht, Euch zu verteidigen.

Damit ich Euch auf dem Scheiterhaufen allein lasse? Wie ich meine vertrauensvolle Blanche alleingelassen habe? Eure Älteste sagte mir, sie wolle Torneirie stürzen, hütete sich aber, auch Euer Ende zu erwähnen.

Hat die Logik des Ritters weniger Schärfe als die des Mörders...?

Wenn Ihr... mich geliebt habt...

Neyrelle, Blanche... oder Carmine, das sind weiter nichts als Namen...

Der Teil des Feuers wird sehr schön sein, wenn es auch zu Asche zerfallen läßt, was wir uns noch gönnen dürfen.

Anaïs und Mariotte werden im Turm des ehemaligen Burgfrieds gefangengehalten, aber der Ritter und Carmine stecken in einem Verlies, das so gut verborgen und bewacht ist, daß keinerlei Hoffnung besteht, ihnen zu Hilfe zu kommen.

Noch vier Tage und fünf Nächte, um eure Freundinnen zu retten!... Das ist wahrscheinlich nicht viel, wenn man bedenkt, daß der Tunnel ein wahres Labyrinth aus einstigen Gängen ist, die mehr oder minder versperrt sind.

Für jeden vollen Tag benötigst du acht Kerzen. Vergiß nicht, sie zu zählen!

Bruder Jean... Ich...

Geht! Geht! Räumt das Feld!

Der Kaplan hat mir als erstem die Neuigkeiten erzählt. Aber zur jetzigen Stunde dürfte der Vater Abt über das Urteil informiert sein, das über Luce verhängt wurde.

Unbegehbar...!

Freitag...

Überflutet...!

Dienstag...

Es bleiben nur noch einige Stunden!

Ho! Carmine! Um das Feuer des Scheiterhaufens zu schüren, muß der Henker dich bloß oben draufsetzen!

♪ ...Was riecht denn hier so schlecht? Es stinkt das Schwein, das da brät! Was riecht denn hier so schlecht? Die Haare, die am Arsch versengen!... ♪

♪ ...Die Hase, die Aschsengen... ♪

Dies irae, dies illa, Solvet saeculum in favilla: Teste David cum Sybilla.

So ein Jammer...!

So weit von dem freudigen Spektakel entfernt zu sein!

Wenn du unseren Platz möchtest...

Du, laß d..., Aber!...

HE!

AHHHH

Pfiuuu... Ein Purzelbaum!

Schnell zu **Anicet**! Er liegt beim Brunnen im oberen Hof auf der Lauer.

Öh... Leider hatte...

...**Pablo** die Schlüssel für unsere Ketten bei sich!

Sie brauchen reichlich Zeit, diesen Fettwanst zu beseitigen! ...Ich setze mein Leben aufs Spiel! Wenn sie mich erkennen...Zack! komme ich an den Galgen.

HE! Du da!

Geh und hol mir mein Pferd, während ich dafür sorge, daß man mir das Tor öffnet! Du kannst nicht fehlgehen; es ist das einzige, das noch da ist!

Ja ...!

Ihr verlaßt uns, Messire **Thibaut**!

?

Ich will zurück in meine Berge. Habt ihr etwa einen Grund, dies zu bedauern ...?
Gurrt nur, ihr Täubchen! Wenn keiner von mir Notiz nimmt, werde ich diese hübsche Gelegenheit nutzen und verduften. Diese Weiber sind gewiß ohne mich abgehauen!
HE!... Haltet ihn!!
YAHUU!
Ganz sachte, mein Großer! Im Trab...
Der unglückselige Thibaut du Prat hat nur seine Füße, um uns zu folgen. Und wir müssen die Stadt durchqueren wie friedliche Reisende.
Und diesen Kameraden sollte ich Gesellschaft leisten ...!
PPRRRRRRR.....
...RACK
KRRR...
He! He! HE! Dieser Tölpel geht durch...
Nicht dahin, du Esel! Du führst uns direkt zum Scheiterhaufen!
Seht mal, wer da kommt!... Das ist doch der Knappe unseres Ritters...?!!
Halt an!... Halt doch an, du blödes Vieh!!!
Platz da!... Macht ihm Platz!... Er kommt, um seinen Herrn zu retten!
Allein gegen uns! Er hat wahrhaftig Mut!

Das ist unser Nicet!
Nimm dein Schwert und gib's ihnen auf die Arschbacken!
Nur zu, mein Junge! Das Volk ist mit dir!
Los! Zerstampf sie alle! Bring es um, das Gesindel!
... Bingsum Desindel!
Er ist ja verrückt!... Was erhofft er sich?
Flieh, Kleiner! Rette deine Haut! Du kannst mir nicht helfen! Du bist frei!
Da... das... Das ist ja...
Laragne...
Sofort, mein Herr!
RAAAAAAAA
Also dann...
Nur Mut, Herr! Ich komme!!!

Huhuuuu!... Huuhuuuuu...
Tod!
Auf die Verräter!!!
Huuuuuu...
Wir dürften gleich am Ziel sein, Luce! Wir sind nah an dem Eingang, in den man die Götzenbilder geworfen hat.
Hier kommt Euer Diener, Herr!
Er war mein Knappe...!

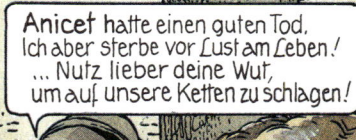

Verdammte! **Verdammte!**	Krepiert!	Krepiert alle!	

| Krepiert!... Krepiert alle!... | Wenn man sie durch deine Schuld umbringt, kehr nie mehr in dieses Haus zurück! Du wirst verflucht sein! | *Ihr Verdammten!* | Aber Wünschen ist nicht Wollen... | Ich bitte dich... *Sei still!* | Anicet hatte einen guten Tod. Ich aber sterbe vor *Lust am Leben!* ...Nutz lieber deine Wut, um auf unsere Ketten zu schlagen! |

| VERDAMMT! | Pablo...! | Ehrlich gesagt, ich verstehe nichts mehr!... Aber eines ist sicher: daß uns der Unglückliche auf einen Ausgang hinweist... | Pa... Pa... Pablo! Er... er bewegt sich! | **AYMON!** Dort!... Aymon lebt! |

Bei Gott, Reiter, gebt uns den Weg frei!
Mit Euren Ochsen haben wir nichts zu tun und auch nicht mit diesen dreißig Hammeln, auf die Ihr Euch beruft. Diese "Geschichte von Merlin" wird heute verbrannt, denn so lautet der Wunsch von Neyrelle!
Was machen diese verdammten Mönche und ihr Bischof?... Sie lassen uns warten, bis wir zu Eis gefroren sind!
Henker... Tu deine Pflicht!
VERDAMMTE...

Zum letztenmal, geht uns aus dem Weg!
Der alte, zum Abschied bereite Mann fleht nicht für ihn ...
Hm! Hm! ...

Was ist das für ein Donner...?

KCH KCH

"Die Apokalypse...?" "Das ist zumindest das Ende einer Welt..."

"Martin sucht einen Unterschlupf... Ich... Ich glaube, wir sollten ihm folgen..."

Und es war der Wind, der...

...nachdem er die Bäume geknickt hatte...

...das Feuer zum Wald trug...

...das das Schloß in Brand setzte...

...und die ganze Stadt entflammte.

...Die Belagerer, die rings um Montroy kampierten, dachten, daß man sie angreifen wollte, und brachten alle jene um, die zu fliehen versuchten...

...Plündernd und raubend packten sie schamlos ein, was sie kriegen konnten...

...und ließen zurück, was nichts mehr taugte...

...Dann verschwanden die Truppen... Dann verschwanden die Ratten...

Und man sagt, daß die Pest das Land heimsuchte...

Drei Tage und drei Nächte wagten wir uns nicht heraus und hausten wie die Wölfe, weil der Himmel rot war von der Feuersbrunst auf Erden...

Weitere drei Tage und drei Nächte kauerten wir unten, weil die Erde schwarz war und heiß von ihrer Asche...

Dann fiel der Schnee drei Tage und drei Nächte und bedeckte das Land mit klarem, eisigem Schweigen... So haben wir uns auf den Weg gemacht...

Und dann, als wir den Fluß entlangzogen, meinten wir, **sie** zu sehen...

Vorneweg der Ritter, der in seiner Rüstung glänzte. Er schien die Prozession zu eröffnen...

Dann folgte der Knappe, ebenfalls in die weiße Rüstung der Helden gekleidet. Er trug einen Schild mit den Farben der drei Damen...

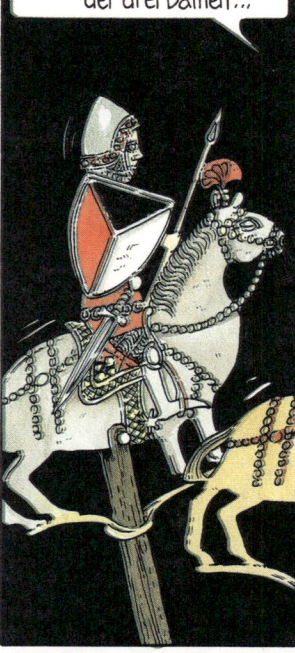

Dann die drei Schwestern, auf diesem Pfad von neuem vereint... Und in schwarzem Stahl schirmte der Herr des Turmes die Nachhut von einem sonderbaren Geleit ab...

Sie zogen am Fluß entlang, gegen den Strich der Zeit, am anderen Ufer von einem seltsamen Reiter verfolgt, der ein großes Buch mit leeren Seiten aufgeklappt hielt...

...und er diktierte dem Schnee und dem Nebel seine letzten Worte.

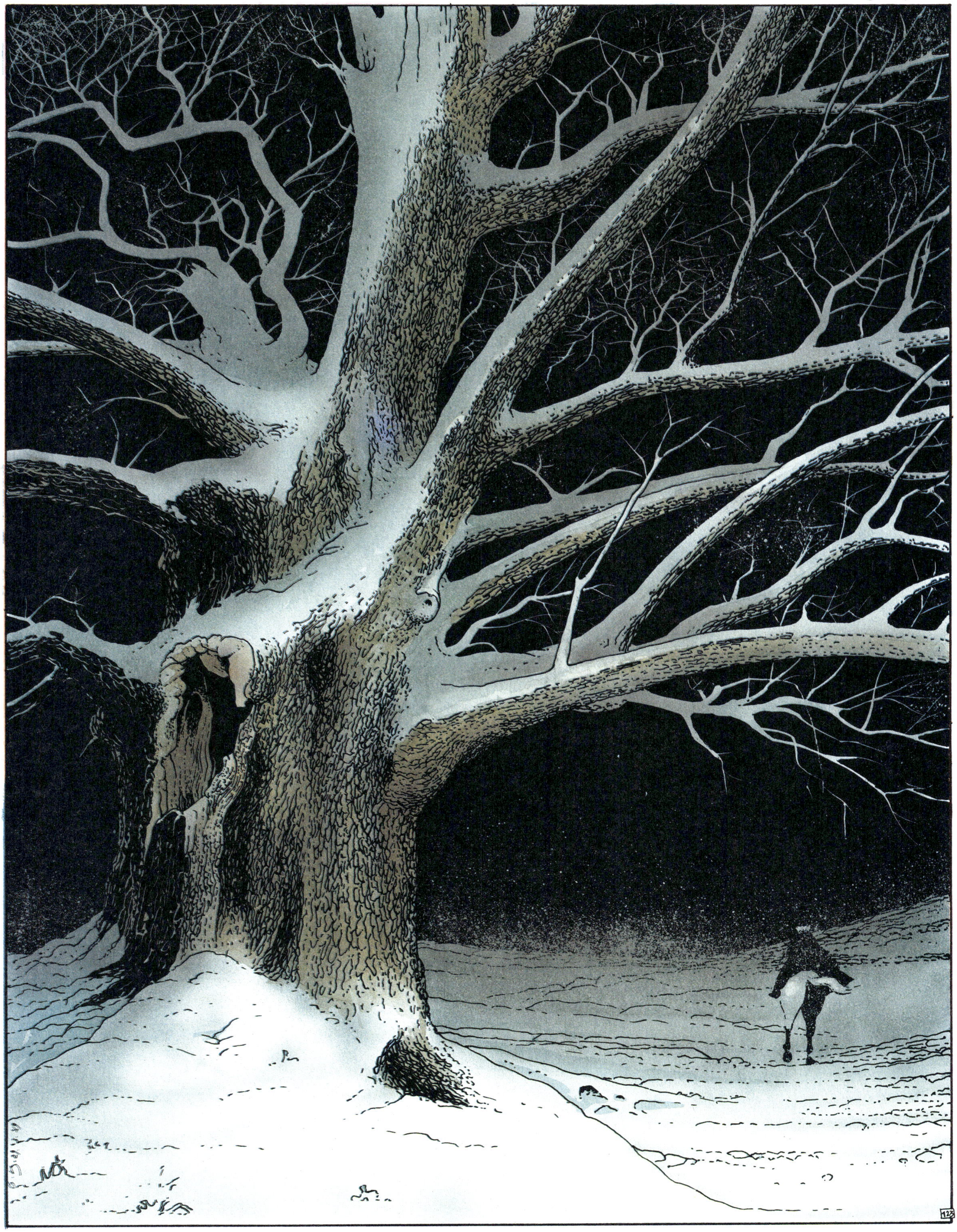

138

Epilog...

Dieser Krieg, sagt man, dauert hundert Jahre...

Icele cent anes a vu aufi cosnut cent primeveres. Heren la difere dieestes

Er unterscheidet sich nicht sonderlich von dem, der ihm vorausging... nicht mehr als von dem, der ihm folgen wird ...

Wie der Weißdorn mit seinen Stacheln, so kann auch die Liebe inmitten des Krieges erblühen, sofern das Leben hartnäckig und das Mädchen hübsch ist...

Icele cent anesa vu aufi cosnut cent primeveres. Et en la difere dicestes qui primement furent nates ne que di celes desa svance. Com aufi blaue que lil florete ner espine se peut lamor eslore au parui de la guerre tant est vive nature et la fille jolie...